東京書籍

もくじ

Chapter 2

主な登場人物

エレン・ベーカー

英語の授業をサポートするALT(外国語指導助手)。現在は若葉中学校に勤務している。アメリカのボストン出身。

後藤 早紀

夢は世界で活躍する国際派ビジネスパーソンで、英語が大好き。部活はミニバスケットボール。

田村 大地

プログラミングが得意。父親の英作は、多国籍料理店「ナギサ」を経営している。

ルーカス・コスタ

ブラジル出身で、サッカーが大好き。父親はプロリーグでも有数のストライカーであるカルロス。

ソフィア・ジョーンズ

オーストラリア出身。研究者である母親のルビーの仕事の関係で、兄のオリバーとともに日本にやって来た。

マイク・ベーカー

エレン先生の弟で、同じくALTとして日本に在住している。

そのほかの登場人物

大道寺美知子
若葉小学校の校長先生。

大和さくら
エレン・ベーカー先生の親友。
ウェブショップを運営。

小島育美
若葉中学校の美術の先生。
英語も勉強している。

田村英作
大地の父親。多国籍料理店「ナギサ」のオーナーで料理人。

三上俊平
若葉小学校の教頭先生。

長門浩一
若葉中学校の英語の先生。
エレン先生と一緒に授業をする。

後藤紀子
早紀の母親。
ヘアスタジオ・ゴトウの美容師。

アン・グリーン
アメリカの大学の教授。日本でALTとして長年、英語を教えていた。

校長室の密談

コンコン。

校長室のトビラが静かにノックされた。

「お入りなさい」

校長・大道寺美知子の重々しい声がトビラの向こうから聞こえてきた。

「失礼します」

教頭の三上俊平は、人に聞かれるのをおそれるような小声でささやきつつ、校長室に入った。

とたんにビックリしてさけんだ。

「な、なにをしてるんですか、校長」

大道寺校長が、特別あつらえのイスにすわりながら、ウサギを抱きかかえていたのだ。

「あら、教頭先生。あなた、これがなにかも知らないの？　小学校の教頭がそんなことでは困りますね。この動物はウサギと言ってね……」

「わたしだって、ウサギくらい知ってます。ではなくてですね、どうして校長室でウサギなんかダッコしてるんですか、とおききしているんです」

「ムード作りよ」

「ムード作り？」

「映画や漫画だったら、ギャングのボスが部下を呼んで悪だくみするときって、ボスがイスにすわってネコを抱いてたりするでしょ。そのマネをしようと思ったんだけど、小学校ってネコがいないのね。それで、飼育小屋からウサギを借りてきたの」

「なにを考えてるんですか」

「ご心配なく。ちゃんと六年一組の生き物係の子に許可をとりました。彼女はとても優秀ですね。『校長先生、この子はラビィと言います。ラビィがいやがるから、耳を引っぱったりしないでね』と申しおくりをしてくれました」

「そんなことを言ってるんじゃありません。そうではなくてですね……ああ、ツッコミどころが多すぎて、なにから言えばいいかわからない」

「では、わたしから言いましょう」

大道寺校長がピンと背筋を伸ばした。

すると全身から、この学校のトップとしての威厳がただよい出た。

「この前話したALTの引き抜きの件ですけどね、ついに見通しがたちました」

「そうだったんですか。でも中学校のALTを我が校にスカウトするなんてことが、ほんとうに必要だったんですか？」

「その話はこの前、説明したはずですけどね。我が校の『英語強化プロジェクト』を成功させるためには、どうしても〝彼女〟の力が必要なんです」

「ですが、その〝彼女〟とやらを我が校に呼び寄せるために、ずいぶん無茶なことをしているみたいじゃありませんか」

「ずっと教育畑にいるあなたには、一般企業から来た民間校長のわたしのやることは、すべて非常識で無茶に見えるかもしれませんね。ですが心配は無用です」

大道寺校長は不敵にほほえんだ。

「今回のスカウトは、ギリギリ合法ですから」

「それが無茶だって言ってるんです！　やめてくださいよ、『ギリギリ合法』だなんて、非合法よりこわいじゃないですか」

「冗談です。とにかくヘンなことは一切やっていませんから、安心してください。もしかすると、いま〝彼女〟はまわりの様子が変化して、不安を感じているかもしれませんが、それくらいはガマンしてもらいましょう。このことは〝彼女〟の将来のためでもあるのですから」

「そんなことをしてまで引き抜く価値があるんですか？」

「昨年の研究会の授業を見たとき、わたしはその教えぶりに感動しました。きっと日本でも有数のＡＬＴになるでしょう。だからこそ、引き抜くにはいましかないのです。それにね、あっ！」

　校長のひざからウサギがぴょーんとはねた。

「こら、ラビィ、待ちなさい！　教頭、なにをしてるの。ラビィをつかまえて。ああ、ダメ！　言ったでしょ。ラビィは耳をつかまれるのをいやがるのよ」

Chapter 1

エレン先生(せんせい)のなやみごと

エレン先生が聞きたかったこと

うわあ、水平線だ。

エレン・ベーカー先生は思わずため息をついた。

背後に山をかかえながら太平洋に面している若葉町を歩いていると、思いもかけない場所で突然、海が見える。

この海が、いまエレン先生がいる日本と、故郷アメリカをつないでいるのだ。

あたし、すごく遠くまで来てしまったんだ。

そう思うと、エレン先生は泣きたいような気持ちになってきた。

「このままだと、予約した時間までに美容室にたどり着けないじゃないの」

また道に迷ってしまったんだ、あたしってどれだけ方向オンチなの、とエレン先生は自分で自分にあきれはてた。

地図を見ることはもうとっくにあきらめている。

それよりも地元の人にきくほうが早い。

そう思ってさっきから、道を歩いている人に声をかけてはいるのだが、これもうまくいかないのだ。

ついさっきも、サンダルばきでイヌを散歩中という、どう見ても地元民のおじさんが向こうからやって来たので、

「あの……すみません。ちょっとおたずねしたいんですけど」

と声をかけた。

ところが、そのおじさんはエレン先生の顔を見るなり、「アイ・キャント・スピーク・イングリッシュ（I can't speak English.）」と言うやいなや、その場から走り去っていった。

かなりあわてていたのだろう、リードひもをほっぽり出して、イヌはその場に置き去りだ。

「クーン」

悲しげに鳴きながら、イヌは薄情な飼い主のあとを追いかける。

その後ろ姿を見おくりながら、エレン先生はため息をついた。

「これで五人と二匹目だわ」

道をたずねようと声をかけた人はみな、エレン先生の顔を見るなり逃げてしまう。イヌの散歩中の人だけでも、これでもうふたり目だ。

「どうして、みんな、あたしが道をきこうとしたら逃げちゃうの」

もちろん、理由はわかっていた。

エレン先生が一目でそれとわかる西洋人だからだ。

日本人の何割かは、道でこういう人からいきなり声をかけられると、「な、なんで話しかけてくるんだぁ」と声に出しては言わないが、心の中ではそうさけぶ。

そして、その人がなにやら話し出すと、「うわあああ、英会話がはじまった」と、心の中で叫びつつ、その場から逃げ出してしまう。

それくらい日本人の一部は、英語を話す人間を、というより英語をおそれている。

だからこそ、さっきのおじさんも「ちょっとおたずねしたいんですけど」と、日本語で声をかけたエレン先生に向かって、「アイ・キャント・スピーク・イングリッシュ」

と言って逃げていった。

「だけどねえ」

エレン先生は思わず声に出して、しかも正確な日本語でつぶやいた。

「だったら日本語でそう言ってよ」

日本人が、英語がしゃべれないのはぜんぜんかまわない。

「わたしは英語がしゃべれませんから」と言って、会話を拒否するのもこの際オーケーとしよう。

でもそれなら、せめて日本語で「英語がしゃべれません」と言ってほしい。

どうして英語で「アイ・キャント・スピーク・イングリッシュ」って言うんだろう。

「だったら、英語、しゃべれてるじゃないの」

エレン先生はふたたび声に出して言った。

このことがいつも不思議でならないのだ。

仕事の関係で、英語の教科書はよく目にしている。

けれども、どの教科書にも I can't speak English. なんて文は載っていない。

英語が苦手だという人は、いったいどこからその英文を学ぶのか。

英語が苦手だというくせに、教科書にも載っていないこのフレーズだけは、どうしていつでもすぐにペラペラと口から飛び出してくるのだろう。

「ニホン人、ようわからんわ」

と、わざと大阪弁っぽく言ってみて、とたんに思い出した。

こういうとき、どうしたらいいのかを。


実はエレン先生はこれまでにも、道でなにかをたずねては、しょっちゅう相手に逃げられている。

いつだったかその話をしたら、「そういうときは、大阪弁で話しかけるといいよ」と弟のマイク・ベーカーから不思議なアドバイスをされた。

マイクは数年遅れて日本にやって来たのに、エレン先生よりも日本語がうまい。

それどころか中国語、ギリシャ語、ポルトガル語も話せるマルチリンガルである。

マイクは語学の才能があるらしい。

その国の言葉を知るということは、その国の人や文化を知ることでもある。

ということは、日本語が上手なマイクは、姉のエレン先生よりも日本人のことを知っていることになる。

けれどもそのマイクの発想は時々、意味不明すぎて理解できないことがある。

「それって、どういうこと？」

エレン先生はきき返した。

「だから大阪弁でこう言うんだよ。『すんません。駅まで行くんは、どないしたらいいんでっか』って」

「な、なに、それ？」

「大阪弁で『すみません、駅まで行くにはどうすればいいですか？』って言ったんだよ」

「それをあたしが言うの？　あたしみたいな外見の人間がそんなこと言ったら、言われた日本人はビックリするよ」

「うん、でも、『駅まで行くんは、どないしたらいいんでっか』と言われて、『アイ・キャント・スピーク・イングリッシュ』とこたえる人は絶対にいない」

「たしかに、それはそうかもね」

「それどころか『外国の方なのに、大阪弁、上手なんですね』とか言って、ふつうに日本語での会話がはじまる」

「なるほど」

「だから今度、道をきくときにやってみるといいよ」

「うーん、最悪の状況におちいったらね」

と言いつつ「そんなことできるわけないでしょ！」とそのときは思っていた。

ところが、だ。

エレン先生は道をきき続けた結果、合計五人と二匹に逃げられて、未だにだれとも話すことすらできていない。

このまま同じことをくり返していたら、逃げられる数が増えていくばかりで、一生、目的地にはたどり着けないだろう。

「てことは、いまがその最悪の状況じゃないの」

エレン先生はとうとう決心した。

よし、大阪弁で道をたずねよう。いや、たずねてやろやないか。わいはナニワのあきんどや。

無理やり、心の中で気合いを入れ、ふと前を見た。

すると、そこにぽつんと立っている女の子と目が合った。

小学校高学年くらいだろうか、不思議なものを見るような目つきでこちらをジッと見つめている。

「よし、この子にきこう」と一歩前に出た。

そして、「すんません」と女の子に声をかけようとしたそのとき、それより早く、女の子のほうがこう言った。

「メイ・アイ・ヘルプ・ユー？（May I help you?）」

「うわっ、英語だ！」と、エレン先生はアメリカ人なのにおどろいてしまった。

まさかこのタイミングで、英語で話しかけられるとは思ってもいなかったのだ。

あんまりおどろいたので、言いかけていた「すんません」と、「メイ・アイ・ヘルプ・

ユー？」の返事である「アイム・ロスト（I'm lost.）」が、頭の中でごちゃ混ぜになった。

そして気がついたときには口が勝手に「アイム・すんません」と言っていた。

なんなんだ、「アイム・すんません」って。

こんなの、英語ではないが、日本語ではもっとない。

だから「アイム・すんません」を英語ということにして、無理やり日本語に訳すと、「わたしは、すんませんです」ということになる。

つまりエレン先生は、「メイ・アイ・ヘルプ・ユー？」と親切に言ってくれた女の子に向かって、「わたしは、すんませんです」と英語で言ってしまったことになった。

「あー、あたしってバカ」とアタフタしていると、女の子が「ソーリー（Sorry.）」と、落ち着いた声で言った。

「アイ・キャント・アンダースタンド・ユア・イングリッシュ。キャン・ユー・スピーク・ジャパニーズ？（I can't understand your English. Can you speak Japanese?）」

エレン先生は、さっきよりももっとおどろいた。

いや、おどろくのを通りこして、感心した。

英語を話すだろう相手に英語で話しかけるのなら、そして、もしも自分の英語力に自信がないのであれば、「アイ・キャント・スピーク・イングリッシュ（わたしは英語がしゃべれません。）」ではなく、「キャン・ユー・スピーク・ジャパニーズ？（あなたは日本語がしゃべれますか？）」ときいてくれるほうが、何百倍もありがたい。

それに英語で話すよりも、日本語で話すほうがスムーズな場合もけっこうある。

日本にいる外国出身者の何割かは日本語が上手で、エレン先生も実はそのひとりだ。

「ええ、日本語なら話せます。ありがとう」

流暢な日本語でお礼を言うと、女の子は「なにかお助けできることはありますか？」と、さっき英語できいたのと同じことをあらためて日本語でたずねてくれた。

エレン先生は感動した。

あたしがずーっと聞きたかった言葉はこれだ。

エレン先生はうれしさに顔をほころばせながら、「道に迷ってしまったんです」と女の子に言った。

「ヘアスタジオ・ゴトウという美容室に行きたいのですけど、どこにあるか知りませんか?」

するとと女の子はビックリしたように目をまんまるにしたかと思うと、「よかった」と言って顔中でニッコリ笑った。

「それは、わたしのママのお店です」

おどろくべきことに、というかガッカリなことに、エレン先生は完全に逆方向を向いて進んでいたことがわかった。

みどり市若葉町の中心を駅前とするなら、そこから目的地の美容室に背中を向けてずんずん歩いていたのだ。

「どうすればこれだけ完璧に道を間違えられるんですか」

女の子は不思議そうな顔をしながら、あきれていた。

「ごめんなさい。あたし、昔からものすごい方向オンチで」

「ここからだと、バスもないから、けっこう歩きますよ」

と言っている女の子のかたわらには、自転車があった。

「じゃあ、行きましょうか」と女の子がその自転車を押して歩き出した。

「えっ？　えっ？」と言いながら、エレン先生はあわててそのあとを追いかける。

どうやらこの女の子は、自分の家である美容室まで連れて行ってくれるつもりみたいだ。

けれど、自転車で来るような遠い道のりを、その自転車を押して歩かせるわけにはいかない。それも見ず知らずの小学生の女の子に。

「あの、道を教えてくれたら、あたし、ひとりで行きますから」

「そんなことしたら、また道に迷いますよ。さっきまでだって、自信満々にどんどん遠ざかっていたんですよ」

「そ、それを言われると……」

「ママのお店のお客さんなんだから、お店まで案内します」

「でも、そんなの、悪いわ」

「悪くありません。お店に行くまでの間、おしゃべりできますから。わたし、外国の人とおしゃべりがしたいんです」

「あら、どうして？」

「わたしは将来、国際派のビジネスパーソンになりたいんです」

「へえ、すごい。もう将来の夢を決めてるんだ。あなた、いくつ？」

「十歳です」

「十歳ってことは、四年生？」

「そうです。もうすぐ五年生。すっごく楽しみなんです。五年生から本格的に英語の授業がはじまるから」

「そっか。将来の夢のために英語をしゃべれるようにならないとね」

「そうなんです。だから、小学校でもＡＬＴの先生に積極的に話しかけるようにしてるんです」

と言われて、思わず、「えっ！」とおどろいてしまった。

ところが女の子は、そのビックリの「えっ！」を、質問の「え？」と聞き間違えたらしい。「ＡＬＴって知りませんか？　外国語指導助手（Assistant Language Teacher）の略なんですけど」と説明してくれた。

「外国出身の英語が上手な人が英語を教えてくれるんです」

しかしそんなことは、教えてもらわなくてもとっくに知っていた。

エレン先生もＡＬＴだからだ。

それも、この近くにある若葉中学校で教えている。

そのことを伝えようと、「実はあたし、若葉中学校のＡＬＴを……」と言いかけると、
女の子は目の色を変えて、

「ワカチューのＡＬＴの先生を知ってるんですか？」

と興奮した声できいてきた。

その勢いに押されて、思わず「え？　ええ、うん、まあ」と、あいまいな返事をしてしまうと、

「うわあ、いいな、いいなあ」

と、エレン先生が若葉中学校のＡＬＴの知り合いだと誤解してしまったようだ。

それどころか、

「ワカチューのＡＬＴの先生って、ふだんはどんな人なんですか？」

と、当のエレン先生にどんな人かときいてくる。

「えっ？　いやあ、どんな人って言われても」

なんと言っていいかわからず、モゴモゴしていると、

「ワカチューのＡＬＴの先生って、すっごくステキな人なんでしょ」

女の子はとんでもないことを言い出した。

「いまワカチューに行ってるミニバスケットボールの先輩が教えてくれたんです。うちの学校のＡＬＴの先生は、メチャ頭がよくて、メチャキレイで、メチャ英語が上手だって」

そう言ってから、女の子はキャハハと笑い、「ＡＬＴなんだから、英語がうまいのは当たり前ですよね」とニッコリほほえんだ。

「これはヤバい」とエレン先生は思った。

これだけほめられたあとで、まさか「そのＡＬＴはあたしです」とは言えない。

だいたい、あなたの先輩はあたしのことを「頭がいい」と思ってるみたいだけど、そんな人は目的地の逆方向に歩いたりしないはずだ。

ましてや、親切な女の子から「メイ・アイ・ヘルプ・ユー?」とたずねてもらって「アイム・すんません」とこたえたりはしない。

もしもそんなあたしが若葉中学校のALTだと知ったら、この女の子はガッカリして、ALTへの信頼をなくしてしまうだろう。

最悪の場合、英語を勉強する意欲まで失ってしまうかもしれない。

エレン先生は心の中で、神様に祈った。「お願いです。どうか、この子にバレませんように」

すると、奇跡が起きた。

その祈り、というか、願いが神様に通じたのだ。

いや、とっくの昔にその願いは実現していたのだった。

「この子にバレるはずはないんだ。あたし、この春で若葉中学校をやめるんだから」

もちろんこの心の声は、口に出しては言っていない。

といってもエレン先生は、若葉中学校がイヤになって、自分からやめるわけではない。

やめさせられるわけでは、もっとない。

エレン先生の所属するＡＬＴの派遣会社の契約では、同じ学校に最長で三年間しか勤務できない決まりになっている。

そして、もう少しで、その三年目の年度末になるのである。

だから今度の三月で若葉中学校をやめるのは、最初からわかっていることで、なんの問題もないはずだった。

ところが、ここにきて問題が発生してしまった。

なぜだか、次の勤務校が決まらないのだ。

それも、ほかのＡＬＴ仲間たちは、次々と勤務校が決まっているというのに。

「希望にピッタリの学校はいくつか見つかるんです。ところがそのことをお伝えしようとしているうちに、どういうわけだか、ほかのＡＬＴの配置が決まってしまうんです。不思議ですよねえ」

とＡＬＴの会社の人は言う。

「でも、大丈夫ですよ。あなたくらい実績のある人なら、いい学校が見つかりますから」

これで話が終わればよかったのだが、その会社の人は電話を切るときに、気になることをぼそりとつぶやいた。

「まるでだれかが、よその学校へ行くのをジャマしているみたいなんです」

おかげでそれ以来、エレン先生はもんもんとした日々をおくっている。

せっかく面白くなってきたＡＬＴの仕事をやめるのは絶対にイヤだ。

だいたい、いったい、なんなのよ、だれかがジャマしてるみたいって……。

そんな不安から来るストレスから、ダイエット中だというのに、糖質のかたまりであるモチに思わず手を出した。

するとこれがおいしくて、気がついたときには、年末年始にけっこうな量を食べていた。

そこで、おそるおそる体重計に乗ったらなんと……ピーッ！……キロも体重が増えている。

「きゃーっ！」

叫び声をあげているところへ、友達の大和さくらがエレン先生のアパートにやって来た。

そして、正月のあいさつも抜きでいきなりこう言った。

「もしかして、大台に乗っちゃった？」

しかもその口調がなぜかうれしそうだったので、エレン先生は余計に腹が立った。

「あなたのせいでしょ！　なによ、あなたが年末に大量にくれた、おいしいあのおモチは。おかげで食べる手が止まらなかったじゃないの。和食はダイエットにいいって、あなたはいつも言ってるけど、食べすぎたら意味ないじゃない」

「いや、あれはバインザイっていう、ベトナムのおモチなんだけど」

「日本のおモチじゃないんだ」

「うちのウェブショップも東南アジアは雑貨だけじゃなくて、食品も手がけてみようと思ってさ。この前ベトナムに買いつけに行ったときに、ためしに買ってみたんだけど」

そう言うなりさくらは、一ミリの遠慮もなく、エレン先生の身体をジロジロと見まわした。

「エレンなら、爆食するんじゃないかと思ってたのよ」

「あなた、あたしの身体を使って〝人体実験〟したのね」

「わたしだって食べたわよ。気がついたときには、自分でも『げっ』て言うくらいの量を」

「でも、言うほど太った？　そんなふうには見えないけど」

「実は見えない部分はね……。で、見える部分は髪型で工夫してるのよ」

そう言って、さくらは自分の髪がよく見えるように、頭を軽く左右にゆらした。

「あっ、なに、それ？　思いっきり髪を切ってショートにしてるじゃない」

「いまごろ、気づいたのね。自分の体重のことで頭がいっぱいで、友達がヘアスタイルを大胆に変えたことなんて気がつかなかったんでしょ」

「どうしたの？　そんなにバッサリ切っちゃって」

「だからわたしも大台に乗ったからよ。それでなんとかしなきゃと思ったときに思い出したの。〝神の手〟と呼ばれる美容師のことを。その人がカットしてくれた髪型にすると、やせて見えるようになるのよ。しかも神だけあって、御利益まであるの」

「あたしにもそのお店、教えて。そして、あたしの顔をすっきりさせたうえで、その御利益もちょうだい」

「お年頃女子の魂の叫びね」

　さくらは深くうなずいた。

「あんたもバッサリ切ることになるけど、それでもいいの？」

「ノー・プロブレム（No problem.）」

　というわけでいまエレン先生は、一部の人たちの間で伝説的存在となっている美容室、ヘアスタジオ・ゴトウへ行こうとしているのだった。

　しかし、こうしたこれまでのいきさつを思い出したとたん、急に不安になってきた。

「あたし、ちゃんと美容室の名前をこの女の子に言ったっけ？　間違ってちがうお店の名前を言ってたりしたら大変だわ」

　そう思ったが、あたしたちがいま向かっているのはヘアスタジオ・ゴトウですよね、といまさら、女の子にきくわけにいかない。

　そこで、遠回しにたしかめてみることにした。

「あなた、ヘアスタジオ・ゴトウの娘さんだったら、お名前はゴトウさんって言うの？」

すると女の子は「はい、そうです」と言った。

どうやら店は間違っていないようだ。

するとその女の子は「はい、そうです」を「イエス」と英語に言いかえた。

せっかく外国出身者と話をしているのだから、英語で自己紹介をしようと思いついたみたいだ。

そしてちょっと緊張した声で、でも、とてもキレイな発音でこう言った。

「マイ・ネーム・イズ・ゴトウサキ（わたしの名前は後藤早紀です。）。プリーズ・コール・ミー・サキ（早紀と呼んでください。）（My name is Goto Saki. Please call me Saki.)」


あたしはエレちゃん？


神の手は、ほんとうに〝神の手〟だった。

鏡を見ると、そこに映った顔は前よりもほっそりして見えた。

「これって、ほとんど手品だわ」とエレン先生は感動した。

しかしすぐに、「この場合は、日本語で手品と言うより、英語でマジック（magic）と言うべきね」と思い直した。

英語のマジックには、「手品」以外に「魔術、魔法」という意味がある。

そして〝神の手〟の使い手である後藤紀子のヘアカットは、魔術や魔法に近いと思ったのだった。

鏡の中の自分に見とれているエレン先生に、早紀の母親は自信満々の声できいた。

「どう、エレちゃん。気に入った？」

するとさっきからずーっとふたりの様子を見ていた、というか、見張っていた早紀がソファから立ち上がり、文句を言った。

「もう、ママったら、さっきから何度も言ってるでしょ。エレン・ベーカーさんのことをエレちゃんなんて呼ばないで」

「あら、どうしてエレちゃんって呼んじゃダメなの？　あなたも知ってるでしょ。うちのお店でわたしがじきじきにカットをする人は、まずはお友達になることにしてるの。そうして親しくしているうちに、わたしのハサミが神業を見せてくれるんじゃないの」

と言うと、紀子さんはエレン先生に向かってにっこりほほえんだ。

「神業なのも当然ですよねえ。だって、わたしがやってるのって〝髪ワザ〟ですもの」

そう言って「わはははは」と自分のダジャレに自分でウケた。

早紀が「ママ、その定番のオヤジギャグもやめて」と言っても、そんなのは無視だ。

「だからわたし、〝神の手〟なんて言われているんですよ」

まさか、髪ワザを神業と言い換えるダジャレが〝神の手〟の由来だったとは。

しかしエレン先生は「ううん、でも」と思い直し、もう一度鏡の中の自分の顔を見てみた。

やっぱりとてもすっきり、ほっそりして見える。

それどころか、あたし、キレイになったみたいだ。

それもこれもみんな、紀子さんに髪を切ってもらったおかげだ。

ということは、やっぱり〝神の手〟なんだ。

ただ、本人のキャラが、〝神の手〟っぽくないだけだ。

エレン先生は、ヘアスタジオ・ゴトウに来るまでの道すがら、早紀が言っていたこと

を思い出した。

「うちのママ、ちょっと変わってるので、ママに髪を切ってもらってる間、わたしが後ろから見張ってますから」

なるほど、こういう母親だったら、そう言いたくもなるだろう。

「だけどね……」と思いながら、鏡に映った早紀を見た。

エレン先生のななめ後ろのソファにすわり、ちょっと怒った顔で、母親の紀子さんをにらみつけている。

しかし、ちょっと視線をずらした拍子に、鏡の中でエレン先生と目が合った。

声に出さずにビックリしている早紀に、鏡を通してエレン先生がニッコリほほえみ、視線だけで紀子を指した。

すると早紀がやはり目だけで、「ごめんなさい、うちのママったら」と言いたげな表情をした。

するとエレン先生は、「ううん、そんなことないよ」のつもりで、かすかに首を横にふり、「あたし、あなたのおかあさん、好きよ」という気持ちをこめて、もう一度ほほえんでみせた。

カンのいい早紀はすぐにすべてを察したようだ。

「よかった。わたしもほんとうはママのこと大好きなんです」と言うかわりに、エレン先生に負けない笑顔で、にっこりとほほえんだ。


エレン先生は紀子さんのことがすっかり好きになってしまったのだった。

堂々と〝神の手〟と名乗っていいほどの腕前なのに、そのことを笑いのネタにするだなんてカッコいい。

「早紀さんが国際派のビジネスパーソンになりたいって言ってるのも、おかあさんの紀子さんの影響じゃないかしら」とエレン先生は思った。

「これくらい外国出身者を意識せず、ふつうに接する態度こそ、まさに国際的だわ」

だって「エレちゃん」って……。

思い出し笑いをしそうになっていると、

「先生」

と言いながら、電話をもったお店のスタッフがやって来た。

「どうしたの?」

紀子さんがそのスタッフに返事をしたので、エレン先生は、美容室の店長も「先生」と呼ばれることを知った。

日本語の奥は深い。

うっかり自分が返事をしなくてよかったと胸をなでおろしていると、

「お客さまからご予約のお電話みたいなんですけど……」

スタッフが紀子さんに言う。

「『みたいなんですけど』って、ご予約かどうかわからないの?」

「それが外国の方のようで、日本語があんまりお上手じゃなくて……」

紀子さんはスタッフから電話を受けとった。

この店では紀子さんが一番英語ができるのだろう。

エレン先生は心の中で「おっ」と思いつつ、こっそり耳をすませた。

日本語での電話の第一声が「もしもし」であるように、英語での電話の第一声は

「Hello.」だ。

その発音を聞くだけでも、紀子さんの英語のレベルがわかる。

すると紀子さんは電話に向かって快活な声でこう言った。

「ボーア・タールジ（Boa tarde.）」

そして、「えっ」とおどろくエレン先生をよそに、エレン先生がこれまで聞いたこともない外国語で、電話の向こうにいる人とにこやかに談笑をはじめた。

「ごめんなさい、盗み聞きするつもりはなかったんですけど、聞こえちゃって」

エレン先生は電話を切った紀子さんにきいた。

「いまのはなに語だったんですか？」

「えーと、ポルトガル語？　わたしもよく知らないのね」

紀子さんは首をかしげた。

「すごいですね。ポルトガル語をしゃべれるんですか」

「日本語がそんなに上手なエレちゃんにそんなことを言われてもねえ」

わはは、と紀子さんは笑った。

「このまわりにもいろんな国の人が住むようになったので、その人の国の言葉であいさつくらいできるようにならないとね」

エレン先生はおどろいた。

「じゃあ、紀子さんって、何カ国語しゃべれるんですか?」ときいたくなったが、きっと「わはは」と笑ってごまかして、教えてくれないだろう。

エレン先生はひそかに決めた。

「いつか弟のマイクをこのお店に連れて来よう」

何カ国語もしゃべれるマイクと、きっと話が合うにちがいない。

偶然このあと、マイクと会う約束をしているのだ。

狙いはサプライズ

待ち合わせしていたカフェ若葉に入ってきたエレン先生を見るなり、「ど、どうしたの、その髪?」と、マイクはおどろいた。

いつも静かなこの店で、マイクの大きな声はひびく。

店中の人が、こっそりと、だがいっせいに、エレン先生のほうを見た。

「いや、そんなに髪を短くしたのってはじめてだから」

マイクはあわてて、言い訳をした。

すると、エレン先生がなにごとかマイクにぼそぼそとつぶやいた。

「へえ、それはいいことをしたね」

マイクの声はよくひびく。

「そんな大声出さないでよ。まわりの人に聞こえるじゃない」

エレン先生が注意した。

「聞かれるのがイヤだったら、日本語でしゃべるのをやめたらいいじゃないか」

マイクが言い返す。

しかしそう言いながらも、しゃべっている言葉はあいかわらず日本語だ。

「なに言ってるのよ」と、エレン先生も日本語で言い返した。「日本語の勉強のためにはとにかくいつでも日本語をしゃべれって言ったの、あなたでしょ」

「たしかにそう言ったけど、それは例えば、職場で話せってことだよ」

「なに言ってんのよ。授業中のＡＬＴは基本、英語オンリーよ」

「ぼくもＡＬＴだけど、職場では日本語も使うよ。職員室で英語の先生と授業の打ち合わせをするときなんかもね」

「ところが、うちの学校では、あたしと英語の先生との打ち合わせも英語なの」

「え？　なんで？」

「うちの学校の英語の長門浩一先生が『ぼくたちが生徒に教えているのは英語なんですから、授業の打ち合わせも英語でやりましょう』って言い出したのよ。しかもその提案も英語で。おまけにそのときの長門先生の英語の発音が、キレイなイギリス英語だったりするの。いつもは気が弱いのに、英語へのこだわりはすごいのよ」

「そうか。そうまで言われて、『でも、やっぱり日本語で』とは言えないね」

「でしょ？　で、結局あたしは、長門先生と英語で授業の打ち合わせをするようになったのよ。そしたら、なんとなく職員室じゅうで『エレン先生と話をするのは英語で』って雰囲気ができちゃって、そのうち、ほかの先生もあたしに英語で話しかけてくるようになったの」

「なるほど」

「で、そういうふうにほかの先生とも英語だけで会話をしていたら、数カ月後にビックリすることが起きたのよ」

「なにがあったの？」

「先生たちの英会話力が、明らかにアップしてるの」

「マジッすか」

「マジッすよ。美術の小島育美先生なんか、『エレン先生と職員室で話をしてるほうが上達するんで、英会話学校やめちゃいました』って言うのよ。しかも、数カ月前よりもはるかに上達した英語で。それを聞いたほかの先生たちも、あたしとの英会話に意欲を燃やしちゃって。おかげであたしはいま、職場で日本語をしゃべる機会は完璧にゼロなの」

「そっかー。だけど、すごいな。それって、エレンがＡＬＴとして、ものすごく優秀ってことじゃないか」

するとたんにエレン先生の表情がくもった。

「そんなことないわ」

「どうしてさ」

「だって、あたし、来年度から行く学校がまだ決まってないのよ」

「えーっ」

マイクはおどろいた。

「ってことは、エレンは四月から無職じゃないか」

それがあんまり大声だったので、またしても店中の人たちがいっせいに、エレン先生のほうを見た。

どんな人が、四月から無職になるのだろう、と気になったのだ。

「そういうことを大きな声で言わないでよ」

まわりの人に聞こえないよう、声をひそめてマイクに注意した。

しかし、あいかわらず日本語で話すことはやめない。

エレン先生の日本語学習熱はそれほど高いのだ。

それがわかっているからマイクも、「ごめん、ごめん」と、やはり日本語であやまった。

「だけどさ、次の学校が決まってないって、どういうことなの？　ＡＬＴは同一校で最長で三年勤務という契約だから、エレンが来年度、学校をかわらないといけないのは知ってる。だからこそ、ＡＬＴの会社の人がぼくたちの次の学校を見つけてくれるんじゃないの？」

「それはそうなんだけど、会社の人が言うには、あたしにピッタリの学校が見つかると、すぐにほかのＡＬＴがその学校に配置されちゃうんだって。まるでだれかが、あたしの進路をジャマしているみたいだって」

「なに、それ？　そんなことをしてだれが得するんだよ」

マイクが笑った。

「それよりも、次の勤務校はこういうところでなくちゃイヤだとか言って、なにか小むずかしい条件を出したんじゃないの？」

「えーっ、そんなこと言ってないわよ」

と言ってから、エレン先生は一瞬考えた。

そして思い出したように言った。

「次の三年間はひとつの中学校で専任でやりたいっていう希望は出したけど」

「ひとつの中学校で専任って？　あっ、そうか、この三年間は学校をふたつかけもちだったよね」

「うん、それはそれで楽しかったんだけどね」

「ひとつの学校で三年間専任って、なにか意味があるの？」

「もちろんあるわよ。少なくともひとつの学年は最初から最後まで教えることができるでしょ。生徒を入学式から卒業式まで見ていられるなんて、教師の醍醐味じゃない」

「なるほど。たしかにそれはそうだ。だけど、教師の醍醐味って言うんだったら、もうひとつ大きなものがあるだろ？」

「なに、それ？」

「サプライズだよ」とマイクは言った。

「卒業式間際になると、職員室で泣いている先生が必ずいるじゃない。もうすぐ卒業する生徒たちの『お世話になりました』っていうサプライズで感動して、先生、泣いてるんだよ……って、えっ？　エレン、どうしたの？　涙目になっちゃって」

「ご、ごめん」

エレン先生はあわてて目を押さえた。

「実はあたし、サプライズされて泣いてる先生を見たら、もうそれだけでダメで、必ずもらい泣きしちゃうの。だって、あんな神聖な涙ってないわよ。あたし、一度でいいから、先生が生徒たちからサプライズされてる場面を実際に見てみたいの。きっとすっごく感動的だと思うわ」

「なに言ってんだよ。だったら、エレン自身が生徒たちからサプライズしてもらえばいいじゃないか」

「えーっ！」

エレン先生が大声で叫んだ。

「な、な、なにを、バ、バ、バカなこと、言ってんの」

「エレン、どうしたの？　すごくうろたえてるけど」

「う、う、うろたえてなんか、い、い、いません」

「この世で、これほどうろたえてる人をぼくは見たことがないよ」

「あ、あの、あのねえ、あたしなんかが、生徒からサプライズしてもらえるはずないじゃない」

「なに言ってんだよ。いまはかけもちだから、それほど生徒たちと深くつきあえていないかもしれないけど、希望どおりの専任になったら、生徒たちからサプライズしてもらえる可能性はゼロじゃないだろ……って、えっ、まさか、エレン、サプライズ狙いで専任希望なの？」

「ま、ま、まさか」

　エレン先生は首を思いきり横にブンブンとふったが、いきなりぴたりと止め、「実は、それもちょっぴりある」と顔を真っ赤にして告白した。

「だって、それって、先生をしてたら、あこがれでしょ」

「まあね」

マイクは真顔で大きくうなずいた。

マイクは紳士なので、こういうとき、人を冷やかしたりしない。

だからエレン先生は思っていることを思っているまま言うことができる。

「生徒たちがやって来て『あたしたち、もうすぐ卒業です。これまでお世話になりました』って言ってくれるのよ」

「うれしいだろうね」

マイクは相槌を打った。

しかしそんなこと、エレン先生はもう聞いていなかった。

「やだ。もしも、あたし、そんなこと言ってもらえたら、どうしよう」と、想像の世界に入ってしまったのだ。

「きっと、すっごくうれしいのよ。すっごくうれしいんだけど、でも、それよりもすっごく悲しいの。だって、だってね……」

と言っているうちに、エレン先生は声をつまらせていき、「あの子たちと……」と言ったとたん、こらえきれずに涙をあふれさせた。

そして、「これでもう、お別れなんて」と大声で言うなり、ワーッと泣き出した。
もちろん、店じゅうの人がいっせいに、エレン先生のほうを見た。

「ハウ・アー・ユー」ときかれたら!?

エレン先生が「職員室の英会話の先生」になってから、若葉中学校の先生たちは以前よりも積極的にエレン先生に話しかけるようになった。

朝は「グッド・モーニング（Good morning.）」のあいさつからはじまり、「ハウ・アー・ユー？（How are you?）」「アイム・ファイン（I'm fine.）」などと言葉を交わす。

しかし、その決まり文句をただ機械的に繰り返すということはしない。

例えば、「ハウ・アー・ユー？」ときかれたとき、日本人はつい反射的に、なにも考えずに「アイム・ファイン」と返事をしてしまう。

しかし、「それはよくない」とエレン先生は思っている。

けれども、それをあからさまに注意したりはしない。

その代わりに、アメリカの有名な小咄をみんなの前で披露する。

アメリカのある街の大通りを日本人が歩いていて、自動車に跳ね飛ばされた。

たまたまそこを通りがかっていた医者が、あわててかけよりきいた。

「ハウ・アー・ユー?」

するとその日本人は頭から血をダラダラ流しながら、こう言った。

「アイム・ファイン」

これは決まったやりとりを、なにも考えずにただひたすら繰り返していた結果生まれた、笑えない喜劇だ。

だから、「ハウ・アー・ユー?」ときかれたとき、なにも考えずにただ「アイム・ファイン」とこたえていてはいけない。

調子の悪いときは「ノット・ソー・グッド（Not so good.）」だし、それ以外にもそのときの情況に応じて言うべきことは変わっていく。

そういうふうに、自分の頭で考えながら英語を口にしていくことが、英会話上達の第一歩なのだ。

エレン先生はいちいち口に出してそう注意はしないがその代わり、時と場合に応じてそのときどう言えばいいのかを、実際に言ってみせてくれる。

こういう良いお手本を得て、若葉中学校の先生たちの英語力は少しずつ、しかし確実にアップしていった。

だから髪を切った翌日の朝も、エレン先生は職員室に入るなり、何人もの先生たちから、さまざまな形でのあいさつをされるだろうと思っていた。

ところがその日の朝にかぎって、どうも様子がおかしい。

まずエレン先生が職員室に入っても、だれも声をかけてくれない。

「どうしたのかしら？」と思いつつ、「グッド・モーニング（おはようございます。）」と声をかけると、先生たちは、あいさつを返してくれはするものの、だれもエレン先生に「ハウ・アー・ユー？（元気ですか？）」ときこうとしない。

いったいどうしたのか？

今日の先生たちの様子はちょっとヘンだ。

あいさつのときも、わざとのようにエレン先生と目を合わそうとしない。

「どうしたんだろう？」と思いつつ、職員室の自分の机のほうへ歩いていくと、美術の小島先生の後ろ姿が目に入った。

小島先生は目立つ。

一年中、絵の具の飛び散った丈の長い白衣を着ているうえに、寝グセの残った髪の毛を平気でそのままにしているからだ。

机に向かい一心になってなにか手書きで書いているのは、どうやら生徒に渡すプリントを作るのを忘れて、いま大あわてで作っているらしい。

その作業に夢中で、エレン先生が職員室に入ってきたことすら、気づいていないみたいだ。

エレン先生はその背中に向かって、「小島先生、グッド・モーニング」と声をかけた。

小島先生はその声を背中で聞き、「グッド・モーニング。ハウ・アー・ユー?」と言ったその瞬間、エレン先生と目が合った。

つまり、小島先生はそのとき、その日はじめてエレン先生の顔を見た。

とたんに、なにか重大なことを思い出したかのように目を見張り、「うわっ、ごめん」とあやまった。

それはここ数カ月の間で、エレン先生が久しぶりに聞いた日本語だった。

思わず日本語が出てしまうほど、小島先生はあわてていたのだが、そのせいで言わなくてもいいことまで口走ってしまった。

「わたし、ひどいこと言っちゃった。『ハウ・アー・ユー？』ってきかれても、『アイム・ファイン』なんて気分じゃないですよね」

そしてエレン先生に向かってぺこぺこと頭をさげると、「あっ、そろそろ一時間目がはじまる」と、職員室から小走りに出ていった。

しかしそれは、正確には「出ていった」のではなくて、「その場から逃げた」ようにしか見えなかった。

その証拠に、さっきまで必死になって書いていたプリントは、書きかけのまま机の上に置きっぱなしだ。

エレン先生はぼう然と、小島先生の逃げていく後ろ姿を見つめていた。

しかしその姿が見えなくなると、ハッと我に返り、職員室にいる先生全員に向かってきいた。

というか、叫んだ。

「これって、いったい、どういうことですか？」

ところが、職員室の先生たちは全員、聞こえないふりをした。

そして、「あっ、そろそろ一時間目がはじまる」と、さっきの小島先生と同じことを言いながら、そそくさと職員室から出ていってしまった。

受けもっている授業なんてない教頭先生まで、みんなと同じように「そろそろ一時間目が……」とつぶやきながら職員室からあたふたと出ていった。

みんな、エレン先生の前から逃げたのだった。

おかげであっという間に、エレン先生は職員室に取り残された。

「いったい、どういうことなの！」

強めの語気でつぶやきつつ、バッとふり返った。

「ひぃ！」

職員室のすみっこにぽつんと立っていた、頼りなげなメガネの男性が、鬼ごっこの鬼に見つかった子どものような叫び声をあげた。

英語の長門先生だ。

おそらくみんなと同じように、逃げ出したかったのだろう。

しかし長門先生は英語教師で、授業はＡＬＴのエレン先生といっしょだ。

だから職員室から逃げ出すわけにいかなかったのだ。


教室に向かいながら、エレン先生は長門先生に言った。

「あたし、今日はいつものようにすっごく元気なんです」

「そ、そうですか」

「それなのに、どうして小島先生は今日のあたしのことを『アイム・ファイン』という気分じゃないって思ったんでしょう？」

「こ、小島先生は、そ、そんなこと言いましたか？」

「言いましたよ。すぐ近くにいて、聞いていたでしょ？」

「い、いえ、ぼくは聞きませんでした」

「長門先生、ウソがヘタですね。声が動揺してふるえてますよ」

「ぼ、ぼくは、こ、声、な、なんて、ふる、ふる、ふるえてません」

「って、思いっきりふるえてるじゃないですか」

「こ、これは寒いからです」

「じゃなくて、うろたえてるんでしょ。知ってるんです。人間がうろたえると、そういうしゃべり方になることを」

「し、失礼な。ぼくのどこがうろたえているんですか」

「だって、さっきから英語で話すのを忘れて、ずーっと日本語でしゃべってるじゃないですか」

「えっ？　あっ！」

「やっぱり、気づいてなかったんですね」と言って、本格的に問いつめようとしたとき、長門先生にとっては運のいいことに、そしてエレン先生にとっては運の悪いことに、ふたりは授業をする教室の前に到着した。


　長門先生は、エレン先生から逃げるかのように、トビラを開けて教室の中に入った。

　エレン先生もあとにつづいて教室に入った。

とたんに、生徒がいっせいに「えーっ！」とさけんだ。

そして、エレン先生に向かって、口々に言った。

「先生、どうしたの、その髪」

「かわいい〜」

「すっげーイメチェン」

「コケシみたい」

「『その髪型、すごく似合ってます』って、英語でなんて言うんですか」

このとき、エレン先生はようやく自分が昨日、髪を切ったことを思い出した。

いや、もちろん、今朝は出かけるとき、鏡に映った自分の姿を見て、「うわあ、我ながら大胆に切ったなあ」と思いはした。

なにしろ、以前は背中の真ん中くらいまで伸びていた髪を、ばっさりと襟もとまで切ってしまったのだ。

しかし、さっきまでは職員室でのヘンなやりとりがあったので、自分が髪を切ったことなどすっかり忘れてしまっていた。

そこへきて、いきなり生徒たちが、エレン先生の髪について話し出したのだ。

しかもどうやら、新しい髪型をほめてくれているみたいだ。

「『その髪型、すごく似合ってます』って、英語でなんて言うんですか」だなんて、なんてかわいいことを言ってくれるんだろう。

こういうすばらしい質問にはすぐさまこたえてあげたいところだけど、正解を教えて暗唱させたら、エレン先生が生徒に「その髪型、すごく似合ってます」と言わせたことになってしまう。

いや、まあ、それはそれで楽しいんだけど、などとウキウキ考えていたので、エレン先生はついさっきまであった職員室での不可解な出来事を一切忘れていた。

と、そのとき突然、「静かにしなさい！」という長門先生の声が教室にひびきわたった。

長門先生は、ふだんはとても静かで、おだやかな先生だ。

なにしろ生徒たちがつけたあだ名が「しょくぶつ」だ。

その「しょくぶつ」がいつもとちがって大声を出した。

生徒たちはおどろき、たちまち教室は静まりかえった。

しかし一度、大きな声を出した長門先生の勢いは止まらない。

その静まりかえった教室に向かって、なおも大声でつづけた。

「エレン先生がどんな気持ちで髪を切ったと思ってるんだ！」

これにはエレン先生が「え？」と思った。

「どんな気持ちって、モチ太りに見えないようにという気持ちで髪を切ったんですけど……」と言いたくなったが、まさかそんな恥ずかしいことは言えない。

思わず生徒たちのほうを見ると、かれらも意味がわからず、ポカンとした顔をしている。

するとその中で、一番後ろの席にすわっていた男子が「わかった！」と言いながら立ち上がった。

「エレン先生、失恋したんだよ。だって、ほら、女の人は失恋すると髪を切るって言うじゃないか！」

なんとか授業をやり終え、廊下に出たとたん、エレン先生は長門先生にかみついた。

「じゃあ、街を歩いてるショートボブのかわいい女の子は全員、失恋したってことなんですか！」

いきなりの発言だったが、長門先生にはエレン先生の言いたいことはよくわかった。怒っていることはもっとよくわかった。

エレン先生は、失恋した女性は髪を切ると思われているというバカバカしい考えに対して、腹を立てているのだ。

「そんなことをぼくに言ってもらっても困ります」と言い返せばよかったのだが、「しょくぶつ」にそれだけの度胸はない。

だまってうつむいている長門先生の横顔をにらみつけているうちに、エレン先生はとうとう気がついた。

「もしかして、長門先生もあたしが失恋したと思っていたんだ」

これで今日の職員室での先生たちの不可解な態度の意味がわかってきた。

先生たちはエレン先生が失恋したと思ったから、「ハウ・アー・ユー？」と声をかけられなかったのだ。

小島先生が言っていたように、そんなことをきかれても、失恋した直後なら「アイム・ファイン」とこたえられる気分ではないだろう。

つまり職員室の先生たちは、実はみんな、ひそかにエレン先生に気をつかっていてくれたのだ。

つまり「ハウ・アー・ユー?」をただの決まり文句として暗記していなかった、ということだ。

先生たちは、エレン先生が期待したとおりに英語を使ってくれていた。

英語を教える立場としては、とてもうれしいことだ。

しかし、失恋していないのに、そうしたあつかいを受けるのは、ぜんぜんうれしくない。

「髪を切ったくらいで、いちいち失恋したと思われてたら、日本の女性はおちおち髪を切ることもできないじゃないですか」

エレン先生がつめよると、長門先生は困ったような顔で、「いえ、それだけじゃないんです」と言った。

「エレン先生、昨日、市役所のとなりのカフェ若葉という喫茶店で、恋人と別れ話をしていたでしょ」

「恋人と別れ話？」

エレン先生は昨日のことを思い出した。

「あのときカフェ若葉でいっしょにいたのは、あたしの弟です」

「えっ、でも、その男性はエレン先生のことをお姉さんと呼ばずに、エレンと呼び捨てにしていたと聞きましたが」

「英語にはお姉さんという言葉はありません！」

エレン先生は興奮して思わずどなってしまった。

しかし、そのとたんに気がついた。

「あっ、もちろん、シスター（sister）という言葉はあって、それは姉とか妹を意味します。けれど、呼びかける言葉としての使い方はしないんです。英語圏では兄弟姉妹は、全員名前で呼ぶんです」

「イギリス英語でもそのはずですけど」と思わず皮肉を言いそうになったが、それはこらえた。

けれどもその気持ちは表情に出ていたのだろう、エレン先生の勢いにビビった長門先生は「あっ、そうか、そうでした」と、必死の勢いでうなずいた。

「すみません。そのときのおふたりの様子を見ていた人は、英語ができない人だったんですね」

そう言うなり、「あれっ？」と考え出した。

「だけど、おかしいな。だったら、その人はどうして会話が理解できたんでしょう？」

「それはあたしたちが日本語で話をしていたからです」と言おうと思ったが、そのことを言い出すと、なんでわざわざ日本語で話をしていたのか、その理由も言わなければいけない。

しかし、それをいまここで話すには長すぎる。

それにそんなことよりも、もっと言いたいことがあった。

「弟があたしのことをエレンと名前で呼んで、あたしが髪を切ったっていう、たったそれだけで、あたしが失恋したと思ったんですか」

「いえ、そうじゃありません」

長門先生がとても言いにくそうに言った。

「店中の人が見たらしいんですよ。エレン先生がその男性に『これでもうお別れなんて』と言って、ワーッと泣き出したところを」

空を飛ぶよりすごい魔法

それでも誤解はとけた。

カフェ若葉でいっしょにいた男性がエレン先生の弟だとわかったのだ。

失恋疑惑なんて一発で吹き飛んでしまう。

だからそれで話の決着はついたはずなのだが、美術の小島先生だけはそれでは気がすまなかった。

六時間目が終わったあとで、職員室でその話を聞かされた小島先生は、今日中にあやまろうとしてエレン先生をさがしてまわった。

そしてグラウンドわきの花壇の前で帰ろうとしているエレン先生を見つけるや、ダッシュでかけよって、「ごめんなさい」と深々と頭をさげた。

「いま、長門先生から聞きました。とんでもない誤解をしていたみたいで。ほんとうに申し訳ないです。ごめんなさい、ごめんなさい、ごめんなさい」

ものすごい勢いであやまる小島先生に、かえって恐縮してしまった。

「そんなにあやまらないでください。だいたい、お店の中なんかで泣いたあたしがよくなかったんですから」

「えっ、そうなんですか」

小島先生はまたおどろいた。

「わたし、エレン先生がカフェ若葉で大泣きしたっていう話から全部ウソだと思ってました。でも、じゃあなんで、泣いちゃったんですか」

実はそのことを、これまできいた人はひとりもいなかった。

勝手に人のことを失恋したと誤解したうえに、泣いた理由まできくのはさすがに悪いと思ったのだろう。

　けれどもエレン先生にしてみたら、言うのは恥ずかしいけど、だれかひとりくらいにはほんとうのことを打ち明けておきたいという気持ちもあった。

　そう思っていたので、同性で同世代の気安さからか、「実は……」とカフェ若葉で泣いたいきさつを、そっくりそのまましゃべった。

　生徒たちからのサプライズの話をしているうちに、かれらとの別れを想像して、つい号泣してしまったという、あの話だ。

「こんなバカみたいなことでみんなをふり回してしまって……こっちのほうこそ、『アイム・すんません』で、ごめんなさいです」

　すると「なにを言ってるんですか」と言い返した小島先生の声の様子がおかしくなった。

「それって、すっごくいい話じゃないですか。生徒たちと別れることを想像しただけで泣いちゃうだなんて。わたしなんか、その話を聞いただけで……」

　そう言いながら、小島先生はもう泣いていた。

感激したらすぐ泣くという、いつかだれかから聞いたうわさはほんとうらしい。

「もしかして、あたしと似たタイプ？」とエレン先生はひそかに親近感を抱いた。

小島先生はぐいぐいと腕で涙をぬぐった。

「ところで、話に出てきた『アイム・すんません』って、なんですか？」

それは、こたえるのがとてもむずかしい質問だ。

ふつうの人なら笑ってごまかすところだが、エレン先生は「先生」だ。

きかれたことには必ずこたえる、というのがクセになっている。

「話すと長いんですけど」

今度はモチの食べすぎからはじまる長い長い話をした。

モチを食べすぎた顔をごまかすため、髪を切りに美容室に行こうとしたのだが、どうしてもその店にたどり着けない。

困っているところに親切な女の子が現れ、「メイ・アイ・ヘルプ・ユー？」ときいてくれたのに、あんまりあわてていたので「アイム・すんません」とこたえてしまったという話を、小島先生は大笑いしながら聞いてくれた。

ところが、ではなんでモチを食べすぎたのかという話になると、次第に笑いが消えていった。

「エレン先生が春でこの学校をやめてしまうのは聞いてましたけど、次が決まらないというのは不安ですよね。ＡＬＴの会社の人はなにをやってるんですか」

やはりぷるぷるぷるぷると身体をふるわせて怒り出した。

さっき会うなり、あやまって、泣いて、笑って、怒っているのだから、喜怒哀楽のお手本みたいな人だ。

そう思いながらも「ちがいます、ちがいます、そうじゃありません」とエレン先生はあわてて言った。

「会社の人はちゃんとしてくれてるんです」

「じゃあ、なんで次の学校が決まらないんですか？」

小島先生にきかれて、こたえにつまってしまった。

まさか「何者かにジャマされているみたいなんです」と言うわけにはいかない。

あまりに現実ばなれしすぎているし、そんなことを言っても心配させるばかりだ。

そこで、エレン先生はもうひとつの思い当たる理由を言ってみた。

「あたしの希望に合う学校がなかなか見つからないみたいなんです」

「どんな希望なんですか」

「専任契約です。三年間、じっくり腰を落ち着けて、ひとつの学校の専任になりたいって希望を出したんですけど、そういう中学校がなかなか見つからないみたいで」

「三年契約じゃないとダメなんですか？」

「ひとつの学年を、入学から卒業するまで教えたいんですよ」

「あっ、そうか。そうしないと大好きなサプライズがもらえないんだ」

「しーっ。それは絶対に秘密です」

「あははは。でも、その気持ちはわかりますよ。わたしも実は、小学校で教えたいんです」

「どうして小学校で教えたいんですか？」

「わたしは小学生の描く絵が大好きなんです。だからほんとうのことを言うと、かれらを教えたいんではなく、かれらから教わりたいんですね」と言ったとたん、「あっ！」

といきなり大声を出した。

「どうしたんですか?」

「わたしたち、さっきからずーっと日本語で話をしてる」

「えっ?」

エレン先生は「あっ、ほんとうだ」とすぐに気がつき、「あっ、いま言った『ほんとうだ』も日本語だ」と思った。

ここ数カ月、ふたりの会話は英語だけだった。

それがさっきから、ずっと日本語で話をしている。

「よく考えたら、わたし、エレン先生の日本語を聞くの久しぶりです。こうやってあらためて聞くと、日本語、すっごく上手ですよね。どんな勉強をしたら、そんなに外国語が上手になるんですか?」

「あたしの場合、アメリカの大学の日本語の先生が、すっごくいい方だったんです」

「それはそうでしょうけど、いまはどうしてるんですか? いまも日本語の勉強してるんですよね?」

「勉強と言えるかどうかわかりませんけど、昔から角野栄子さんの『魔女の宅急便』をひたすら繰り返し読んでます」

「へえ、なんか、それ、面白いですね。一冊の本を繰り返し読むのか。でも、どうして〝マジョタク〟なんですか？」

「高校生のときにアニメの映画で観て、すんごく面白かったんですよ。それで原作が読みたくなったんですけど、そのときに迷ったんです。英語の翻訳で読むのか、それともいまから日本語を勉強して原作を読むか」

「そんなところで迷うんだ。わたしだったら、絶対に英語の翻訳で読みますけどね」

「あたしだって、ほかの場合だったらそうしてますよ。でも、読みたいと思ったのが『魔女の宅急便』でしょ。そのときふと気がついたんです。主人公のキキだったら、こういうとき、日本語の原作のほうを選ぶだろうなあって」

「ってことは『魔女の宅急便』を読むために日本語の勉強をはじめたんですか？」

「そうなんですよ。だから、あたしに日本語の勉強をさせたのは、あたしじゃなくて、キキなんです」

「じゃあ、エレン先生はキキに魔法をかけられたんですね。日本語を勉強するようにって。それって、空を飛ぶよりすごい魔法じゃないですか」

と小島先生に言われて、エレン先生は「あっ、そうか」と気がついた。

「だから、あたし、『魔女の宅急便』を読みつづけてるんですね。ていうか、それで日本語を勉強する魔法が切れないんですよ」

「うわあ、いいなあ。わたしもそんな本がほしいです。一冊だけ、ずーっと読んでいられるような英語の本が。そしたらわたしも英語がペラペラになれるかも」

「あ、でも、本を読むだけじゃダメだと思いますよ。それはあたしが言うんじゃなくて、マイクがそう言うんです。あっ、マイクって弟なんですけど」

「知ってます」

小島先生がニヤッと笑った。

「カフェ若葉でいっしょにいた男性ですよね」

「そうです、カフェ若葉でいっしょにいたせいで、恋人と間違えられた弟です」

エレン先生もニヤッと笑った。

「そのマイクが『本ばかり読んでるから、エレンは日本語が上達しないんだよ』って、いつも言うんですよ」

「えー、いまでも十分日本語うまいじゃないですか。これ以上の上達って、弟さん、なに考えてるんですか」

「ところがマイクはそう言うだけあって、あたしより日本語がうまいんです」

「マジッすか？」

「マジッすよ」

二人は顔と顔を見合わせてほほえんだ。

「ほら、やっぱり日本語が上手ですよ。『マジッすよ』なんて外国の人はなかなか言えないですよ」

「でも、そのフレーズをあたしに教えてくれたのもマイクなんです」

「マジッすか。って、また言っちゃった」

と小島先生が笑った。

「だからあたしは、マイクに日本語が下手だって言われても、言い返せないんです」

「弟さんはどんな勉強してるんですか」

「ひたすら会話です。ずっと日本人と会話してます」

「へえ、じゃあ、エレン先生もそれをマネしたらどうですか」

「できません。だって、そういうときのマイクのおしゃべりの相手って、ぜーんぶ、女の子なんですよ。あいつの場合、女の子と遊んでるのか、日本語の勉強してるのか、その区別がぜんぜんつかないんです。だからマネをしようと思っても、あたしにはムリなんです」

というのを聞いて小島先生は、「だったら……」と学級委員に立候補する生徒のように手をあげた。

「わたしが、お相手をするっていうのはどうでしょう？」

「えっ？」

「ですから、わたしと日本語でおしゃべりするんですよ。いまみたいに」

「えっ、で、でも、いいんですか？」

「なにがいけないんですか？」

「だって、あたしなんかと」

「なに言ってるんですか。いいですよ、いいに決まってるじゃないですか」

「うわあ、うれしいです。すごくうれしいです」とよろこんだとたん、「あっ、ダメですよ。やっぱりムリです」とエレン先生はせっかくの申し出を断った。

「なにがダメでムリなんですか？」

「あたし、この春でこの学校をやめちゃうんですよ。おしゃべりするどころか、会うこともなくなってしまいます」

「なに言ってるんですか。学校をやめたって、わたしたち、いくらでも会っておしゃべりできますよ」

「どうやって会うんですか？」

「簡単ですよ。友達になればいいんです」

「ええーっ！」

エレン先生は思わずさけんだ。そして言った。

「もしかして、これも魔法ですか？」

そのとき突然、「海の見える街」のメロディが鳴りひびいた。

映画『魔女の宅急便』のテーマソングだ。

あまりのタイミングのよさに、今度は小島先生が「うわっ、ほんとうに魔法だ」と言った。

だが、そうではなかった。

このメロディは、エレン先生のスマホの着信音だ。

モチを食べすぎた御利益!?

電話はヘアスタジオ・ゴトウからだった。

「エレちゃん、うちの店に本を忘れてるわよ」

紀子さんからそう言われて、エレン先生の顔は真っ赤になった。

言うまでもなく、その本というのは『魔女の宅急便』だ。

さんざんカッコいいことを言ったくせに、その本をうっかり美容室に忘れてくるとは。

おまけにいままでそのことに気がついていないだなんて。

「恥ずかしくて、穴があったら、入りたいです」

エレン先生が言うと、「ザックザックザック」と小島先生がリズミカルに口ずさんだ。

「それはなんですか？」

「その穴を掘ってる音です」

「あははは」「はははは」

ふたりは同時に笑った。

笑いながら、ほんとうに小島先生と友達になったんだ、と実感した。

友達といっしょなら、恥ずかしいことも楽しい。

友達が楽しくしてくれるからだ。

「いつかそのギャグ、使わせてもらっていいですか？」

「いいですけど、そんなことより、わたしもいっしょにそのお店まで行きましょうか」

さすがにそれは悪いからと断って、エレン先生は小島先生と別れた。

そして小走りに校門を抜け出たところで、

「あれ？」

どっちに行けばいいのか、わからなくなった。

ここでエレン先生は「いつも道に迷う人」ならではの行動をとった。

自分のカンに頼ることにしたのだ。

そして、「たぶんこっち」とカンが指し示す方向に足早に歩き出した。

「いつも道に迷う人」のもうひとつの特徴は、歩きながら余計なことを考えることだ。

「紀子さんはソファのすきまに落ちていたと言っていたけど、いつそんなところに本を落としたのかしら」

エレン先生は思い出した。

早紀に連れられてヘアスタジオ・ゴトウに入ったとき、まず応対してくれたのは紀子さんではなく、スタッフさんだった。

ソファにすわり、バッグから『魔女の宅急便』を取り出したとき、ビックリするようなことを言われた。

「大和さくら様からのご紹介ですね？」

「はい、そうです」

「大和さくら様から、ヘアドネーションのお話をするよう申しつけられております」

「なに、それ？」とおどろく間もなく慣れた口調で説明してくれた。

「小児ガンや白血病の薬の影響で、髪の毛をなくした子どもたちのための医療用カツラというものがあります。その材料になる髪の毛を寄付するのが、ヘアドネーションです。お客さまの髪は十分な長さがございますので、寄付できると思いますよ」

さあ、大変だ。

モチを食べすぎたからやせて見せたい、という、のんきというか、マヌケな話がヘアドネーションというシリアスな話になってきた。

エレン先生はあわてた。

「ちょ、ちょっと待って。電話をさせてください」

それだけ言って、店のおもてに飛び出して電話をかけた。

ワンコールするかしないかで、「うっふっふ」と笑いながらさくらが電話に出た。

どうやら、あわてたエレン先生が電話をかけてくるだろう、と待ちかまえていたらしい。

そしてうれしそうな声で言った。

「ユア・ウェルカム（You're welcome.）」

エレン先生はわけがわからない。

「なんで、いきなり『ユア・ウェルカム』なの？」

「あんたから『サンキュー（Thank you.）』って感謝される前に、英語で『どういたしまして』って言ったのよ」

「どうしてあたしが『ありがとう』って言うと思ったのよ」

「そりゃ言うでしょ。わたしのおかげでいまからいいことができるんだから」

そう言われて、エレン先生は一瞬考えた。

だけど、すぐにわかった。

この日は最初から長い髪をショートにするつもりだった。

切った髪が子どもたちの役に立つなら、それこそウェルカムでぜひやってもらいたい。

こんなふうに話をもち出したのは、いきなりでちょっと乱暴ではあるけれど、それがさくら流の気配りなのだ。

「ありがとう」

「いや、もうそれを言ってもらったという想定だったから」

「ううん、いまのは御利益がもらえそうという想定で言った『ありがとう』よ」

「なに、それ？」

「神の手に髪をカットしてもらったら御利益があるって言ったじゃない。これで御利益があるってことでしょ」

「卓球！」

「なに、それ？」

「ピンポーン」

「ということは、本をソファのすきまに落としたのはヘアドネーションの話をされたときだわ」と、そのときのことを思い出しながら、エレン先生は足早に歩いている。

ところが、どれだけ歩いてもなかなかヘアスタジオ・ゴトウにたどり着かない。

それどころか、歩けば歩くほどまわりの風景がどんどん見知らぬものになっていく。

どうやらまた道に迷ってしまったらしい。

「あたしって、どれだけ方向オンチなの。昨日、行ったばかりのお店なのに」

東西南北もわからなくなり、ぐるりとまわりを見まわした。

すると、そのとき、

「あっ！」

水平線が見えた。

また、昨日と同じところに来てしまったらしい。

「ウソでしょ」

思わずそうつぶやいたとたん、海からの風が顔をなでた。

首筋の感じがいつもとちがう。

そうだ、髪を切ったからだ。

そう思ったとき、「海の見える街」の着メロが鳴り出した。

「きっとまた紀子さんからの電話だわ」

けれどもまさか、また道に迷いました、とは恥ずかしくてとても言えない。

おそるおそるスマホの画面を見た。

電話はＡＬＴの会社からだった。

「はい、エレン・ベーカーです」

自分の名を名乗ると、会社の人は話が早い。

「ご希望は三年間、専任で教えられる学校でしたよね」

あいさつ抜きで、すぐに仕事の話になった。

「はい、そうです」

「すみません。残念ながら、そういう学校は結局見つかりませんでした」

話が早い人と話をすると、ガッカリするのも早い。

あまりのはやさに、エレン先生はショックを受けるヒマもない。

そこへ会社の人がたたみかけるように言った。

「ですが、ご希望にそえる学校はありました」

エレン先生は意味がわからない。

「あたしの唯一の希望は三年間、専任で教えられるということで、そういう学校はないといまおっしゃいましたよね？」

「考えたのですが、あなたのほんとうのご希望は、三年間ではないのではないですか？」

「なんですって？」

「ですから、ほんとうのご希望は、三年間ではないのではないですか、とおききしているのです」

「その『ないのではない』って、そんなふうにしゃべるのやめてもらえませんか。ふつうのときでも『結局、あるの、ないの、どっち？』ってなるのに、いまみたいにパニック寸前のときに言われたら、なにがなんだかわからなくなります」

「これは失礼しました。では、シン

プルに申しあげましょう」

「はい」

「わたしどもが判断するに、あなたが希望しているのは三年契約ではありません」

「えーっ！　なんで勝手にあたしの希望を否定しちゃうんですか」

「ですが、あなたが三年契約を希望されたのは、生徒たちから卒業間際にとびっきりのサプライズがもらいたいからですよね」

「あの、あたし、そんな恥ずかしいことを言いましたか？」

「ＡＬＴの方に定期的に行っているアンケートの自由回答欄にそう書いてありました」

　ああ、あれか、とエレン先生は思い出した。

　正月にモチを食べすぎて、気分がハイになったときに書いたやつだ。

「つまり、エレンさんは三年間という年数にこだわっているのではなく、ひとつの学年の生徒たちを最初から最後まで教えたいのですよ」

「でもそれって結局、中学校で三年間教えるってことですよね？」

「小学校の英語の授業は、外国語活動を除けば、五年生と六年生の二年間です」と会社の人が言った。

「小学校なら専任の二年契約で、ひとつの学年の児童を最初から卒業するまで教えることができますよ」

あっ、そうか！

「パラパラパラ」

「エレンさん、いまのはなんですか？」

「目からウロコが落ちた音です」

さっそく友達のギャグを使わせてもらった。

「小学校というのは、あたし、思いつきませんでした」

「でも、やはりアンケートに書いていらしたでしょう、『モチを食べすぎた』って」

また、モチか。

「ザックザックザック」

「エレンさん、今度はなんの音ですか？」

「恥ずかしくて穴があったら入りたいので、その穴を掘っている音です」

会社の人は「はははは」と笑ってから、すぐに話をもどした。

「エレンさんのモチを食べすぎた話を読んで、思ったんです。これは食生活の問題だって。だったら、あなたの食生活を改善する方法はないだろうか。そのとき思いついたのが給食でした。中学校にはまだ若葉中学校のように、給食がないところもあります。でも小学校に勤務すれば、栄養のバランスのとれた給食を確実に食べられます。そこから思いついたんですよ。あっ、そうだ、小学校なら二年契約でもあなたの希望にそうことができるって」

「じゃあすべては、あたしがお正月にモチを食べすぎたおかげだったんですね」

あははは、と笑いかけて、とたんに気になることを思い出した。

「だけど、大丈夫なんですか？　これまでも、あたしにピッタリの学校が見つかったと思ったらうまくいかなくなるって」

「今回は念のために事前にその小学校の校長先生に確認の電話をしました。すると『この電話を待っていたんですよ。やっと〝彼女〟がうちに来てくれることになったのね』と大変なよろこびようで」

「なんかヘンですね。それって、まるであたしを待っていたみたいで」

「それだけ期待されているってことですよ」

「なんていう小学校なんですか？」

「若葉小学校です」

「あら？　どこかで聞いたことがあるような……」

「それは聞いたことがあるはずです。いま勤務されているのが、その小学校に近い若葉中学校なんですから」

「ああ、そうか、そうですね。それであたし、その小学校の名前を知ってたんですね」

相づちを打ちながらも、心の中では「そうじゃない」と思っていた。

そんなことであたしは若葉小学校の名前を知っていたんじゃない。

そうではなくて、もっと最近、その名前を聞いたような……と考えていると、「せんせーい」という声がどこからか聞こえてきた。

思わず声のするほうを見ると、自転車に乗った女の子が手をふりながらやって来る。

早紀だ。

とたんに思い出した。

若葉小学校は、早紀が通っている小学校だ。

昨日、道案内してもらっている最中に、早紀がそう言っていた。

「えっ、てことは、あたしが若葉小学校で働き出したら、あたしがＡＬＴだってことがバレちゃうじゃない。それどころか、あたし、早紀さんの先生だ」

うわっ、それ、絶対ダメだ。

あたしみたいな「アイム・すんません」が、早紀さんのような頭のいい子を教えるわけにいかない。

早紀さんだって、あたしみたいな先生に教わりたくないだろう。

ああ、どうしよう……と思っていると、早紀が目の前で自転車を停めた。

「先生、どうせ、また道に迷ったんでしょ。だからわたしが先生を探してくるって、ママにそう言って、忘れ物を届けに来ました」

やっぱりあたしが、オッチョコチョイのおマヌケ女だってことがバレてる！　と思った瞬間、なにかひとつ、心にひっかかったことがあった。

「あなた、あたしのことを『先生』って？」

「だって、先生は先生でしょ？」

「な、なんで、それが」

わかったの？　ていうか、バレたの？

「それは……じゃじゃーん、これです」と早紀がバッグから取り出したのは、昨日忘れていった『魔女の宅急便』だった。

「この本、昨日、わたしが店で見つけたんです。『あっ、〝マジョタク〟だ』って。よく見たら、この本、もとの本の倍くらい厚みがあるんです」

本がそれほど厚くなったのは、ほとんどのページに付箋紙が貼ってあるからだった。

その上、各ページに大量の書き込みもある。

「人間は勉強しても体重は変わらないのに、本は勉強すると〝太る〟んですね。わたし、太った本ってはじめて見ました」

そう言いながら、早紀は裏表紙を開き、「ほら、ここに『にほんごかエレン・ベーカー』って、書いてあります」と指さした。

「ってことは、いまはきっと逆に日本で英語を教えているんですよね。だからこの本、こんなに勉強した跡がついてるんですよね？」

そして早紀はつづけた。

「それで納得したんです。だからあんなに日本語が上手なんだって。わたし、生徒の人たちがうらやましいです」

「えっ、な、なんで？」

「だって、先生なのに、いまもこんなに勉強している人に教えてもらえるなんて」と言って、エレン先生に『魔女の宅急便』を手渡した。

とそのとき、どこからか、「もしもーし」という声が聞こえてきた。

声の出どころは、エレン先生が手にもっているスマホだ。

会社の人と電話で話している最中だということを忘れていた。

「ごめんなさい、電話中なの」と言って、あわてて電話に出た。

「もしもし、ごめんなさい」

「ああ、よかった。電話が切れたのかと思いました。それでですね、若葉小学校の勤務の件、よろしいですか？」

そうきかれて、エレン先生は思わず、目の前の早紀を見た。

すると早紀はニコッとほほえんだ。

エレン先生はそれだけで早紀がなんと言ったのかわかった。

早紀とは、声に出さずに会話ができる。

以前、ヘアスタジオ・ゴトウでした笑顔の会話だ。

だからエレン先生は早紀に〝言われたとおり〟に、「はい、お願いします」と言った。

これで春からの勤務校がようやく決まった。

最後のひと押しをしてくれたのは、まだ小学生の女の子だった。


電話を切りながら、早紀を見た。

四月からあたしたちは先生と生徒だ。

ちょっと恥ずかしいけど、その何倍も何十倍もうれしくて楽しみだ。

「ねえ、おぼえてる？　ここは昨日、あなたと会ったところなのよ」

早紀がうれしそうに顔をほころばせた。

「ここからは海が見えるの」

エレン先生が早紀の背後を指さした。

早紀もふり返った。

「うわあ、ほんとうだ。ここから海が見えるなんて、ぜんぜん知りませんでした。いいこと、教えてもらっちゃった。さすが『先生』ですね」

エレン先生はうふふとほほえみ、

「じゃあ、あなたの好きな英語のレッスンをしましょうか」

と海を指さして言った。

「海を英語でなんて言うか、知ってる？」

「知ってます。シー（sea）です」

「船は？」

「シップ（ship）」

「カモメは？」

「シーガル（seagull）」

「波は？」

「ウェイブ（wave）」

「じゃあ、水平線は？」

「水平線？　水平線はええと……」

ふたりは声を合わせて言った。

「ホライズン（horizon）！」

Chapter 2
ふたりだけの、秘密(ひみつ)の言葉(ことば)

ルーカスの変身

日曜日の午後、同じクラスのルーカス・コスタから、

「見せたいものがあるんだ」

と電話で言われて、田村大地はすぐさま家を出た。

待ち合わせ場所の若葉町中央公園に行くと、奥でサッカーボールをリフティングしているルーカスの姿が見えた。

ルーカスのおとうさんのカルロス・コスタはプロリーグの選手で、ルーカスも将来はサッカー選手になりたいと言っている。

だから学校以外の場所では、サッカーボールをいつも身体からはなさない。

そうやって、ボールコントロールのテクニックをみがいているのだ。

いつだったか、おかあさんといっしょにスーパーマーケットに買い物に行ったときも、ルーカスはサッカーボールといっしょだった。

家からドリブルしながら進み、そのままスーパーに入っていこうとしたのだ。ところが、「店内でボールをけられては困ります」と、警備員の人に入り口で止められてしまった。

「一流のサッカー選手になるには、一秒でも長くサッカーボールにふれてないといけないんだよ」

だからこれくらい大目に見てよ、とたのんでみたが、警備員さんは首を横にふるばかりだ。

そんな様子を見ていた通りすがりのおばさんが、

「だったら、手でもって入れば」

とルーカスの味方をしてくれた。ところが、

「衛生上、好ましくありません」

「それだと〝ハンド〟になっちゃうよ」

不衛生だ、反則だ、と理由はちがったが、「手でもつのはダメ！」という点で警備員さんとルーカスの意見が一致して、せっかくの提案は却下されてしまった。

結局、ルーカスはスーパーには入らなかった。駐車場の横のジャマにならない場所で、やはりリフティングをしながら、おかあさんの買い物が終わるのを待つことにしたのだ。

帰りは荷物を両手にもち、足でボールをけりながら家に帰ったという。

そのルーカスが大地に「見せたいものがある」と言ってきた。

大地にはそれがなんなのかすぐにわかった。

ふたりは先月、「新しいのがほしいブラザーズ」を結成している。

定期的におたがいの家に行き、それぞれの親の前で「新しいのがほしいソング」をうたっておどるのだ。

♪瞳をとじて、見えるのは
(ルーカスソロ)サッカーシューズ
(大地ソロ)タブレット
いつか空にとどけ、この願い

新しいのがほしいーっ（ここでふたりそろってジャンプ）ブラザーズ♪

これで、どちらかの親が根負けして買ってくれたら、もう一方の親に「ルーカス（大地）は新しいのを買ってもらった」と言って、自分も買ってもらうという、なかなか知的な作戦だ。

その相棒のルーカスが、どうやら新しいサッカーシューズを買ってもらったようなのだ。

だったら、ぼくも新しいタブレットを買ってもらえる日も近い、とワクワクしながら、ルーカスの待つ中央公園まで走ってきたのだった。

だから、ルーカスのはいている靴を見て、大地はおどろいた。

器用にも、ボールを地面に落とさずにけりつづけているその靴は、ルーカスがずっと前からはいている赤いラインの入ったサッカーシューズだったのだ。

「そうか。新しいのははくのがもったいなくて、いまも古いほうのサッカーシューズをはいてるんだ」

大地は一瞬、そう思ったが、「ううん、ルーカスはそんなことをするやつじゃない」と、すぐにその考えを否定した。

二カ月前に給食にプリンが出たとき、ルーカスはパンやおかずや牛乳には目もくれず、いきなりプリンだけ全部食べて、クラスじゅうの度肝を抜いた。

食べものを好きなもの順に食べる人はけっこういるけれど、デザートのプリンを最初に食べるほど極端に好きなもの順の人は、世界にルーカスただひとりだ。

それほど好きなものをすぐ食べるくらいだから、買ってもらったものはすぐに身につけたいはずだ。

そんなルーカスが、買ってもらったサッカーシューズをすぐにはかないはずがない。

「だったら、ぼくに『見せたいもの』ってなんだ？」

そんなことを考えるのに夢中で、大地はすぐ目の前にいるルーカスに声をかけるのも忘れていた。

逆にルーカスのほうがリフティングをしたまま、視線をボールから大地のほうに向けた。

「おっ、早かったな」

ルーカスがそう言ったとき、ふたりの目が合った。

つまり大地は、ルーカスの顔をそのときはじめてまともに見た。

それで大地はようやく気がついた。

ルーカスの髪型がいつもとちがう。


「なに、その髪、どうしたの？」

「いいだろ、これ。パーマをかけたんだ」

そう言って、ルーカスは頭を軽くふってみせた。

するとパーマをかけたばかりの、ウェイブのついた髪がふわふわとゆれた。

ルーカスが言った「見せたいもの」とは、サッカーシューズではなく、パーマをかけた髪だったのだ。

大地は、「えーっ」とおどろいた。

「小学四年生がパーマ？」

そう言うより先に、ルーカスが「ママイに言われたんだ」と言った。「『ルーカスもパーマをかけてみたら』って」

「えー、そうなの」

と返事をしながら大地は、久しぶりに「ルーカスって、やっぱりぼくとちがうなあ」と思った。

ルーカスと大地は、ルーカス一家がブラジルから日本に引っ越してきてからのつきあいだ。

そのときまで大地は知らなかったが、ブラジルではポルトガル語をしゃべるらしい。ルーカスも最初はポルトガル語しかしゃべれなかったのだが、あっという間に日本語が話せるようになった。

だからルーカスがブラジル出身だと意識することは、いまではほとんどない。

おかあさんのことを「ママイ（mamãe）」、おとうさんのことを「パパイ（papai）」と呼んでも、それはポルトガル語というよりは、ルーカスの口癖くらいにしか感じていない。

しかしそんな大地でも、まだ時々は「うーん、やっぱりぼくとはちがうなあ」と思うことがある。

それはルーカスがお年寄りをものすごく大事にしたり、小さい子にものすごーく親切だったり、女の子ともかんたんにものすごーく仲良くなれたりするときだ。

だが、小学四年生の男子がパーマをかけるというのは、さらにもっと「ちがうなあ」と思ってしまう。

しかもパーマをかけるのを、おかあさんがすすめたなんてすごい。

「オレのいまの髪型、ママイとおそろなんだ。ママイは子どもとおそろにするのが夢だったんだって」

ルーカスはまたまた思いもよらなかったことを言い出した。

ママイ、つまりルーカスのおかあさんは、大地が知っているかぎりでは、同級生のおかあさんたちの中でダントツの美人だが、一番目をひくのは、背中まで伸ばした長い髪だ。

その髪をルーカスとおそろいにしたという。

「じゃあ、バッサリ切っちゃったの？　なんで？」

「うーんとね、ヘアドネーションとかで髪の毛を寄付するんだって」

　とルーカスが言う。

「オレもよくわかんないんだけど、『こうするとルーカスと同い年の子の役に立てるのよ。それってステキでしょ』って。それで『だったらルーカス、同じ髪型にしましょう。あなたもパーマをかけなさい。もうじき五年生なんだから』って」

「なんで五年生だとパーマをかけるの？」

「少年サッカーだと小学四年生まではヘディングが禁止で、五年生から解禁になるんだ。ママイは、パーマをかけたほうが、オレの頭にかかる衝撃が少なくなると思ったみたい」

「へーっ」

　大地は感心した。

　おかあさんって、息子のことをそこまで心配してくれるんだ。

　それともルーカスのおかあさんが特別なのか？

ちょっとぼくにはわからないな。だって、ぼくにはおかあさんが……。

大地の考えが思いもよらないところへ行こうとしたとき、ルーカスがビックリすることを言って、大地を現実の世界に引きもどした。

「オレがパーマをかけてもらったお店って、ヘアスタジオ・ゴトウって美容室なんだけどさ、あそこって、四組の後藤早紀の家なんだな。おまえ、知ってた？」

大地はもちろん知っていた。

知っていたからこそ、いきなりその名前が出たことにおどろいた。

大地は思わず、「えーっ、なんでおまえ、そのことを知ってんだよ」と言いそうになったが、それをとっさのパワーでこらえた。

「えっ？　し、知らない。だれだっけ？」

と早紀のことを知らないふりをすると、素直なルーカスは一発で大地のウソを信じた。

「あっ、そうか。大地は一度も同じクラスになったことなかったもんな」

かんたんに納得した。

「まあ、ふつう、一回も同じクラスになったことのない女子のことなんか知らないよな」

しかし、そう言われるとカチンとくる。

「だ、だったら、なんでルーカスは知ってんだよ。おまえだって、同じクラスになったことないだろ」

ルーカスにそう言ってやった。すると、

「あれ？　なんで大地は、オレが一度も早紀と同じクラスになったことがないのを知ってんの？」

逆につっこまれてしまった。

大地は早速大ピンチだ。

「えーと、えーと、あっ、そうだ。一度も同じクラスになったことがなくて、でも、ぼくはルーカスとはずっと同じクラスだろ。だからルーカスも同じクラスになったことがない、という計算になるんだよ」

「大地、おまえ、あいかわらず頭いいな。さすが毎日、タブレットをいじってるだけのことはあるよ」

「カンケーないだろ。そんなことより、なんでルーカスは一度も同じクラスになったことがないのに知ってんだよ」

「あいつ、部活がミニバスなんだよ」

それも知ってるよ、それより早紀のことを「あいつ」なんて親しそうに言うなよ、と思いながら、ルーカスに言った。

「おまえの部活はサッカーだから関係ないじゃないか」

「うん、でもいつかの雨の日、グラウンドが使えなかったんで、オレたち体育館のまわりでキソレンしてたんだ。そしたら、ミニバスの監督の先生が同情してくれてさ、オレたちとミニバスの試合やらしてくれたんだけど、そのときの相手チームにいたんだよ」

げっ、そういう接点があったのか。

「だ、だけど試合って、そのときの一回だけだろ？　そんなんで、どうしてルーカスはおぼえてるんだよ」

「そりゃあ、おぼえてるよ。だってあいつ、すんげえカワイイんだぞ」

ブッチーン！

「あれ？　いまなんかヘンな音が聞こえなかった？」

ルーカスがあたりをキョロキョロ見まわしたが、そんなことで音の正体がわかるはずがなかった。

いまのは、田村大地がキレた音だ。


しかしルーカスは、大地の表情がけわしくなっていることにまったく気がつかない。

あいかわらずのマイペースでしゃべりつづける。

「なんでヘアスタジオ・ゴトウがあいつの家ってわかったかっていうと、オレがパーマをかけ終わったときに突然、店に現れて、『ママ』って言いながら、オレとママイの髪を切ってくれた店の人のところに来たんだ。それで気がついたんだよ。で、オレはソッコー『オレのこと、おぼえてる？』ってきいたんだ。そしたら、オレの顔をジーッと見て、『えー、ごめん、ぜんぜんおぼえてない』って」

いひひ、ざまあみろ、と思いながら、話のつづきをうながした。

「それでオレ、ガッカリしちゃったんだけど、そしたらオレの髪を見てさ、『それって、うちでパーマかけたの？　カッコいいね』って言うんだ。あいつがオレに『カッコいいね』ってさ」

ブッチーン！

「な、なんだ、なんだ？」

ルーカスがあわてた。

「なんか、さっきからヘンな音がしてないか？」

けれど、もうルーカスの言ってることなんか聞いていなかった。

それよりも、なんとかルーカスが早紀にきらわれるようなことをしていないかと考えた。

「その美容室に行くとき、サッカーボールはどうしてたの？」

「どういうこと？」

「まさか美容室に行くからって、ボールを家に置いていったんじゃないだろ」

「そんなことするかよ。学校に行くとき以外は基本、ボールといっしょなんだから」

「じゃあ、ボールをドリブルしながら、店の中に入っていったんだな？」

「そんなことするはずないだろ。ちゃんと手でもって入ったよ」

「えーっ、それだとハンドになるって言ってたじゃないか」

「ゴールキーパーは手を使っていいんだよ。オレは今日、ヘアスタジオ・ゴトウに行く直前に、将来の目標をキーパーもできるマルチプレイヤーに変えたんだ」

「それはずるいぞ」

「おまえ、なんで怒ってるんだ？」

「怒ってないよ」と言いつつ、大地は怒っていた。

それもメチャクチャ怒っていた。

早紀はルーカスに「カッコいいね」と言ったという。

それは「好き」って言ったのと同じことだ。

大地はあらためてルーカスの顔を見た。

ルーカスは目が大きくて、鼻筋が通っていて、それから肌が少し浅黒い。

いままで気がつかなかったけど、というか、気にしたこともなかったけれど、ルーカスはけっこうハンサムだ。

パーマをかけた軽くウェイブした髪がよく似合っている。

たしかに早紀が言うとおり、ルーカスはなかなかカッコいい。

おまけにサッカーがうまいし、女の子と仲良くなるのは得意中の得意だ。

「『新しいのがほしいブラザーズ』なんかもう解散だ」と大地は決めた。

そしたら口が勝手に動いた。

「ぼく、帰る」

「え？　なんで？　これからいっしょに遊ぼうぜ」

「今日はうちの店、手伝わないといけないから」

と大地はまたウソをついた。

ところがルーカスは、

「マジかよ。わりい。そんないそがしいときに呼び出しちゃったりしてゴメンな」

と、見え見えの大地のウソをあっさり信じた。それどころか、

「大地ってえらいよな。小学生で家の店の手伝いとかしてさ。おまえのそういうとこ、ほんとマジ尊敬するよ」

と真顔で大地をほめた。

えーっ！　大地は心の中でさけんだ。「なんでぼくのウソをそんなにかんたんに信じちゃうんだよ！」

しかしルーカスにそんな大地の心のさけびは聞こえない。

「おまえに負けないよう、オレもいまからサッカーの特訓するわ。チャウ。アミーゴ・インティモ（Tchau. Amigo intimo.）」

そう言うなり、ボールをけりながら、公園の奥のグラウンドのほうへ走っていった。

大地はそんなルーカスの背中に向かって、「チャウ」と言いかけて、でも言えずに、無言でくるりと向きを変えた。

そして、家をめざしてトボトボ歩き出した。

「チャウ。アミーゴ・インティモ」というのは、「またな、親友」という意味のポルトガル語だ。

ルーカスが大地にだけこっそり教えた、ふたりだけの秘密の言葉だ。

こたえられない質問

公園からの帰り道、大地は気が重かった。

自分がひそかに好きだった女の子が、自分の親友のことを「カッコいい」と言った。

しかもその親友は、その女の子のことを「すごくカワイイ」と言っている。

そういうの、なんかイヤだ、と大地は思う。

いや、ほんとうのことを言うとすごくイヤだ。

ううん、正直に言えば絶対にイヤだ。

「あああああ、イヤだ、イヤだ、イヤだ……」と思いながら家の前につくと自動ドアが開き、入り口近くのカウンター奥の調理場から、おとうさんが「いらっしゃい」と大地に言った。

なんだかものすごくヘンに見えるが、実はヘンでもなんでもない。

大地の家は「ナギサ」という多国籍料理のレストランなのだ。

だから大地が家の玄関からではなく店の出入り口から「家に帰ってくる」と、おとうさんは大地をお客さんと間違えて「いらっしゃい」と言ってしまう。

けれどすぐに、お客だと思っていたのが大地だとわかり、

「なんだ、大地か。だったら、『いらっしゃい』じゃなくて『おかえり』だな」

と言い直すのが、田村家のいつものパターンだ。

ところがその日のおとうさんは、大地を見るなり、

「おっ、いいところに帰ってきたな。おまえに紹介したい人がいるんだ」

と、自分の真向かいのカウンターの席を手で指さした。

そこにすわっていた男性が、大地に向かってぺこりと頭をさげた。

「こんにちは。マイク・ベーカーと言います」

いまの大地は、こんな人にいちいちあいさつしている気分ではない。

とっとと自分の部屋に行って、とことん落ちこみたいのだ。

ホール担当の是枝さんがいたら、代わりにこの人の相手をしてもらえるのだが、あいにくこの時間帯は休憩中で店にいない。

「あの、ぼく、ちょっと、身体の具合が……」

大地はこの場から逃れるため、弱々しく胸を押さえて、体調の悪いふりをした。

おとうさんが疑わしそうな目で大地を見た。

「なんだ、おまえ、具合が悪いのか？」

「うん、なんだか心臓が苦しいんだ」

それは九割はウソだったが、一割はほんとうだった。

大地の胸はいま、キリキリと痛むのだ。

「病気には見えないけどなあ」

おとうさんがなおも疑わしそうに大地を見ながら、首をひねった。

するとその様子を見ていたマイクが、横から口を出した。

「それって、大地くん、失恋して胸が痛いんじゃないの？」

えええーっ！

な、なんだ、この人は！

他人の心が読めるのか！

「ぼくはしょっちゅう女の子にふられてるから、失恋した男の子を見るとすぐにわかるんだ」

な、なんという、リアルで、しかも説得力のある言葉なんだ。

大地はおどろいた。

でも同時に、思いきり納得させられた。

ところが、おとうさんも負けていない。

マイクよりももっと衝撃的なことを言った。

「そうか、大地は後藤早紀ちゃんにふられちゃったのか」

ガーン！

「おとうさん！」

「おっ、急に元気が出てきたな。いいぞ。なんだ？」

「どうしてその名前を知ってるんだよ」

「おまえがテーブルの後片付けをしないからだ」

おとうさんは言った。

「去年の暮れ、おまえ、店のテーブルで友達に出す年賀状を書いてただろ。あとで見たら、テーブルの上に何枚も練習用の紙があって、そこに『後藤早紀様、後藤早紀様、後藤早紀様』って同じ名前が何十回も書いてあるんだ。それを見て、おれはピーンときたんだよ。大地はこの女の子のことが好きなんだってな」

大地は動揺した。

「勝手にぼくのことを推理しないでよ」

「てことは、おれの推理が当たったんだな。あっはっは」

とおとうさんが大笑いしているところへ、マイクがふたりの話に割って入った。

「ネンガジョーってなんですか？」

「それだけ日本語が上手でも年賀状を知らないのか。まあ、最近は日本人でも出す人が減ってるみたいだしね」

おとうさんはマイクに年賀状の説明をした。

「毎年、正月に新年のあいさつを書いたハガキを友達や親類や恋人におくるんだ」

「なるほど、アメリカのクリスマスカードのようなものですね。それはすばらしい習慣だ。ぼくも来年からは恋人に年賀状を出すようにします」

マイクは大地を見て、ニッコリほほえんだ。

「ぼくもきみと同じくらいのときに、はじめて恋人にクリスマスカードを書いておくったよ。だからぼくたちは友達だね」

「えーっ！」

大地はさけんだ。

なんなんだ、この人は？

しかも、マイクは後藤早紀のことを大地の恋人と誤解している。

大地は必死の声で訂正した。

「ちがいます、ちがうんです。彼女はぼくの恋人なんかじゃありません」

そしてあわててつけ加えた。

「年賀状だって、書くことは書いたけど、結局出さなかったし」

「えー、ウソ、マジっすか」

マイクの子どもみたいな反応に乗せられて、大地は思わず言ってしまった。

「だって、ぼくみたいな知らない男の子から突然、年賀状をもらったら、ビックリすると思って」

その場の勢いで、おとうさんには絶対言えないことを正直に言ってしまった。

「とんでもない！」

マイクが首を横にブンブンふった。

「そのビックリはうれしいビックリだよ。大地くんはもっと自分に自信をもったほうがいいよ」

大地の心は一気にあたたかくなった。

「マイクさんて、マジいい人だ」と思った。「まるでぼくをはげますために来てくれたみたいだ」

そして、ようやくある疑問にたどり着いた。

「マイクさんはなにをしにうちに来たんだろ？」

「マイクさんのお姉さんが、さくらの友達なんだってさ」

おとうさんが大地に言った。

「で、マイクさんはそのさくらの紹介でうちの店に来たんだ」

「さくら姉ちゃんの？」

おとうさんにきき返す声がはずんでいる。

そんな大地を見て、おとうさんがニヤニヤ笑った。

「おまえ、さくらの名前を出すと、いつも機嫌がよくなるな」

「そ、そんなことないよ。ただ、さくら姉ちゃん、最近うちの店に来ないからどうしてるのかなあって」

「さくらさんなら、一週間前からまたベトナムですよ」

マイクが言った。

「去年仕入れたベトナムのモチの売れ行きがよかったので、また買いつけてくるって言ってました」

「ああ、バインザイか。あれなら、うちの店にももって来てくれたよ。見た感じは日本のモチによく似てるんだけど、ハムをはさんで食べるのが正式な食べ方なんだって。教わったとおりに調理して店で出してみたら、すごく評判がよくてさ。あっという間に売り切れたよ」

「さくらさんも言ってました。いろんなエスニックレストランで調理してもらったけど、『ナギサ』で食べたバインザイが一番おいしかったって。おかげで食べすぎてしまったって」

マイクが「さくらさん」と呼び、大地が「さくら姉ちゃん」と言い、大地のおとうさんが「さくら」と呼び捨てにする大和さくらという女性は、半年ほど前から通って来るようになった取引先だ。

仕事で食品の輸入をしているとかで、外国のめずらしい食材をもちこんでは、おとうさんに調理させ、できた料理を自社のウェブショップで紹介してくれている。

最近、「ナギサ」に外国人のお客さんが増えてきたのも、さくら姉ちゃんのおかげだ。

おとうさんにしてみたら、商売の関係を超えた友達みたいな存在で、だからこそ最近では「さくら」と呼び捨てで呼んでいる。

一方の大地にとっては、やさしくてキレイなさくらは、ちょっと年のはなれた姉のような存在だ。

だから「さくら姉ちゃん」と呼んでいるのだが、実はそれ以上の存在になってくれたらいいのに、とひそかに思っている。

それはどういうことかというと……。

ぼんやりとそんなことを考えていたので、大地はおとうさんとマイクの話を聞いていなかった。

ふたりの会話に引きもどされたのは、マイクが聞き捨てならないことを言ったからだ。

「あなたは、さくらさんにとって特別な人間なんじゃないですか」

どういう話の流れでそうなったのか、マイクが大地のおとうさんにそうきいたのだ。

大地は耳をすませた。

「さくらさんはレストランのオーナーを、店の名前で呼ぶんです。レストランジュピターのオーナーなら『ジュピターさん』というふうに。ところが、あなたのことだけ名前の『英作さん』って呼んでるんですよ」

「それは『なぎさ』がおれの妻の名前だからね」

と、大地のおとうさんである田村英作が言った。

「ああ、なんだ。そうでしたか」とマイクはあっさり納得した。

「それはそうですよね。この店に来て『ナギサさん』って言ったら、英作さんのおくさんが出て来ちゃう」

「いや、名前を呼ばれても、なぎさは出てこないよ」

「あれ？　どうしてですか？」

「ずいぶん前に死んじゃったから」

「あっ」

マイクは思わず絶句した。

「ご、ごめんなさい。知らないこととはいえ……」

「なに言ってんだよ。そんなの、知らないに決まってるじゃないか。マイクさん、そんな、あやまったりしないでよ。そんなことであやまられたりしたら、おれのほうが……」

そう言うなり、おとうさんはぽろぽろと泣き出した。

マイクはおどろいた。

自分の妻が死んだ話とはいえ、その話が出たとたん泣き出されたら、まわりの人間はビックリする。

しかし、マイクの横にいる大地は少しもおどろかなかった。

おかあさんのことをもち出したら、おとうさんが泣くのはいつものことだ。

だから大地は、おとうさんが泣いてもおどろきはしないが、その代わりにいつもさびしくなってしまう。

悲しくなるのではない。さびしくなるのだ。

それは大地が、おかあさんのことを思い出して泣けるほど、おかあさんのことをおぼえていないからだ。

おかあさんのことを言われて、おとうさんのように泣けない自分がさびしいのだ。

さくら姉ちゃんがおとうさんと結婚してくれたらいいのに、とひそかに思っている自分のことをうしろめたく思ってしまうのだ。

「ごめん、ごめん」

ひとしきり泣いたあと、おとうさんはぐいぐいと腕で涙をこすりながら、マイクにあやまった。

「それで、マイクさんはなんでうちの店に来たんだっけ？」

初対面の人の前でいきなり泣いたことが恥ずかしかったのだろう、おとうさんは無理やり話題を変えた。

マイクは言った。

「さくらさんに食べものについて、ある質問をしたんです。そしたら、『そういうヘンなことは英作さんにきけば』って言われちゃって」

「あははは」

おとうさんはうれしそうに笑った。

「さくらにとっておれは、ヘンなこと担当なんだな」

「悪い意味じゃありませんよ。『料理に関することなら英作さんは「そんなの、わかるわけないだろ」って言ったことがない』って、自分のことみたいに自慢していましたから」

「ふうん、それだけ信頼されてたら、期待にこたえなくっちゃいけないな。よし、わかった。約束しよう。あんたがなにをきこうが、絶対に『そんなの、わかるわけないだろ』とだけは言わない」

「ありがとうございます。では、質問させていただきます」

マイクがおとうさんにきいた。

「ぼくが食べたいものはなんでしょう?」

おとうさんがすかさずこたえた。

「そんなの、わかるわけないだろ！」

「ごめんなさい」

マイクがペコペコとおとうさんに頭をさげた。

「もうちょっとわかるように説明するので、聞いてください。はじめて日本に来たとき、ぼくは日本語がまるでできなかったんです。だから、中国料理店にばかり行ってたんです」

「またわからないことを言い出したな」

おとうさんが言った。

「日本語ができないと、どうして中国料理店にばかり行くんだ？」

「ぼく、中国語ができるんです」

「だったらなんで、日本に来たんだよ」

「アメリカでつきあっていた中国人の彼女が突然、横浜の中華街の実家に帰ってしまったんです。その彼女のあとを追いかけて、日本にやって来たんです」

「すごい。アメリカで、中国で、横浜でって、メチャ国際的だ」

大地は感心した。

「うん、ほんとうにすごい。マイクさんはつきあっている女性の母語がしゃべれるようになるんだ」

おとうさんも感心した。

マイクは照れた。

「いつもそうなんです。外国人の女性とつきあうと、自然とその国の言葉をおぼえてしまうんです。おかげでぼくはいま、七カ国語をしゃべれます。『アイ・ラブ・ユー』も七カ国語で言うことができるんですよ」

マイクが自慢した。

「それって、七カ国の外国の女性にふられたことがあるってことじゃないの？」

大地のおとうさんはもっともなことを言った。

「おっしゃるとおりです」

マイクはそのおとうさんのたったひと言で急に落ちこんだ。

「つきあった彼女の国の言葉をしゃべれるようになると、ぼくは必ずその彼女にふられてしまうんです。どうしてでしょう？」

「そんなこときかれてもなあ」

「それでさっき言った中国人の彼女にもふられてしまったんです。傷心のぼくは横浜から大阪へ旅に出ました。しばらくは中国料理も食べたくない、と思いました。トンポーローのとろけるような豚肉の匂いが彼女を思い出させるからです」

「わかった！　そんなことを言うから、彼女にふられたんだ」

しかしマイクは大地のおとうさんのツッコミなど聞いていなかった。

「とはいえ、人間、生きていればお腹はすきます。そこでぼくは、あるふつうの日本風のレストラン、いま思えば、定食屋に入りました。もちろんメニューに書いてある文字は一文字も読めません。ぼくはお店の人にそのメニューの中から適当なものを指さしました。しばらくして、料理が運ばれてきました。ぼくはそれをひと口食べておどろきました。あまりにもおいしかったからです。ぼくはまたたく間にその料理を食べてしまいました。そして気づいたのです。食べている間、彼女のことをすっかり忘れていたことに。ぼくはその料理を食べたことで、失恋から立ち直ったのです」

「それはたんにそのとき、ものすごくおなかがすいてただけじゃないの」

おとうさんはかなり正解に近いことを言った。

しかし世の中、正解はきらわれる。

「ちがいます。その料理が特別だったんです。純真なぼくの心を味によっていやしてくれたのですから」

「純真な男が七カ国語で『アイ・ラブ・ユー』を言えたりするかなあ」

これもマイクに無視された。

「日本に住むようになってから、その料理のことはすっかり忘れていたんですが、この前、またふられて落ちこんでいるとき、思い出したんです。そうだ、あの料理を食べれば、ぼくはまた元気になれるって。でも、ぼくにはあの料理の名前がわかりません。それでおたずねしてるのです。ぼくの食べたいものはなんでしょう？」

おとうさんは頭をかかえてしまった。

そんな漠然としたことをきかれても、こたえようがない。

しかし、わからない、とは言えない。

おとうさんはとりあえずマイクにきいてみた。

「どんな味だった？」

「出汁のきいた、しょうゆ味をベースにした味でした」

「うーん、和食のほとんどがその味だね。ほかになにかないかな？」

「丼に入れたごはんの上に、卵でとじた具がのっていました」

「じゃあ、その料理って、ドンブリものじゃないか。だったら、卵でとじている具がわかればこたえはわかるよ。具はなんだった？」

「それが、それまで食べたことがないような食感のもので」

「マイクさんが店の人にきければよかったんだけどなあ」

「ぼく、ききました」

「だって、そのころ日本語はできないんだろ？」

「身振り手振りで、お店の人にきいてみたんです。『この料理の材料はなんですか？』

って」

「言葉を使わずに、そんなむずかしい質問ができるの？」

大地が横から口をはさむと、マイクは大きくうなずいた。

「お店の人はコケコッコーと鳴いて、ポンと言ったんです。これって、つまりニワトリが卵をポンと産んだところですよね？」

「身振り手振りで、質問が通じてるよ」

と、おとうさんは感心した。

「さっき、具は卵でとじていたって言ってたもんな。あとはその具さえわかればいいんだ。もしもそれがトリ肉だったら親子丼だし、トンカツならカツ丼だ」

「それはお店の人にきかなかったの？」

大地がマイクにきいた。

「もちろんききました。そしたら、お店の人はしばらく考えこんでいましたが、なにかひらめいたみたいな顔をすると、得意げに『コーン』と言いました」

「じゃあ、トウモロコシじゃないか」

おとうさんは「なあんだ、そんなことだったのか」と納得した。

若いころ、海外を放浪していたおとうさんは、英語の発音のむずかしさを知っていた。英語の本場のアメリカ人にapple（リンゴ）を「アップル」と言っても通じない。

そういうときは「アポー」と言ったほうがまだ通じる。

謎のドンブリものを出した日本人が言った「コーン」も、アメリカ人のマイクにはトウモロコシを意味するコーンには聞こえなかったのだ。

おとうさんは結論を出した。

「マイクさんが大阪で食べたのはコーン丼だ。卵でとじたトウモロコシをごはんの上にのせるんだ。ふうん、大阪は食い倒れと言われるだけあって、変わったドンブリものを作るんだなあ」

「この店のメニューに、そのコーン丼はありますか？」

「ないけど、具がわかったんだから作れるよ。ちょっと待ってて」

それから五分とたたないうちに、コーン丼が運ばれてきた。

マイクは上手な箸づかいでひと口食べた。

「お、おいしい！」

「そうかい？」

おとうさんはよろこんだ。

「でも、ぼくが食べたのはこれではありません」

とたんに、おとうさんはずっこけた。


それでも味がおいしいというのはほんとうだったのだろう。

マイクはコーン丼をほとんど一気に食べてしまった。

でも、おとうさんは浮かない顔をしている。

「おいくらでしょうか？」

マイクがきいた。

「なにを言ってるんだよ」

大地のおとうさんは情けない声を出した。

「あんたが食べたかったものを作れなかったうえに金なんてとったら、おれ、さくらに合わせる顔がないよ」

「『合わせる顔がない』ってどういう意味ですか？」

マイクがきいた。

「さくらにはなんか、会いづらいってことだ」

「ええーっ」

大地はあわてた。

「そんなことだけで会いづらくなるの？」

「だって、カッコ悪いじゃないか」

「そんなの、ぼく、困るよ」

「どうして、おまえが困るんだ」

ブッチーン！

おとうさんのいい加減な態度に大地がキレた。

「おとうさん！」

大地がさけんだ。

「だったら、ぼくがマイクさんの食べたいものを見つけるよ」

席から立つと、自動ドアのほうへ進んでいった。

「大地！」

「大地くん！」

おとうさんとマイクが同時に呼びもどそうとした。

大地は無視して、店を飛び出した。


しかし、どこへ行けばいいかわからない。

そこで大地はとりあえず走り出した。

「困ったときは、走るんだ」とルーカスが言っていたのを思い出したのだ。

ルーカスの言うことは間違っていなかった。

しばらく走ると、大地は昔ながらの定食屋の前にたどり着いた。

ショーケースには、実物そっくりの食品サンプルが陳列されており、ドンブリものもずらりと並んでいる。

親子丼、カツ丼、他人丼、木の葉丼、天丼、鰻丼……。

一体どれが、マイクさんが食べたいものなんだ？

そう思いながら、大地がショーケースのガラスにほとんど顔をはりつけるようにして中のサンプルを見ていると、「ちょっと、きみ」と男の人から声をかけられた。

「なにをしてるの？」

白い割烹着を着ているから、この店の人だろう。

「マイクさんの食べたいドンブリものはなんですか？」

「はあ？　なに言ってんだ、きみは？」

大地はくじけずに説明した。

そのあまりの熱心さに、お店の人は引きこまれるようにして話を聞いてくれた。

だが大地が話し終えると、申し訳なさそうにこう言った。

「ごめんよ。そういうドンブリはうちでは出してないねえ」

しかし、その人は親切だった。

「スーパーマーケットに行ってきいてみたらどうかな。ただ、スーパーのだれにきけばいいのかわからないけど」

そんなこと、大地はもっとわからない。

「スーパーで働いてる人で、知り合いとかいませんか？」

そんな人、いるわけない。

けれど、大地は「ありがとうございました」と言うと、スーパーマーケットまで走った。

すると、入り口に警備員の人が立っていたので、大地はパッとひらめいて、自己紹介した。

「ぼく、この前、このスーパーにサッカーボールをけりながら入ろうとした男の子の友達です」

警備員さんはルーカスのことをよくおぼえていた。

しかも、ルーカスの印象もいい。

「あの子は言うことはムチャクチャだったけど、ダメだって言ったら素直に聞いてくれたし、おかあさんの買い物の荷物、重たいのは全部ひとりでもってあげてて、すごくいい子だったな」

そのルーカスの友達だということで、警備員さんは親身に大地の話を聞いて、食品売り場の一番えらい人に大地を紹介してくれた。


次に大地は図書館へ行った。

それはスーパーマーケットの人が、

「ごめんなさいね。うちではちょっとわからないので、図書館で調べてみたらどうでしょう」

と言ってくれたからだった。

図書館なら大地は何度も行ったことがある。

日本語があまり話せないルーカスのおかあさんのためにポルトガル語で書かれた本をさがしに行くときに、ルーカスが「つきあってくれよ」と大地に言うからだ。

図書館に入ると、レファレンス・コーナーにまっすぐ向かった。

たのだ。

「本のことなら、なんでもここできけば教えてくれるんだ」

そう言ってルーカスが、よくブラジル関係の本のことを質問していたのをおぼえてい

大地はレファレンス・コーナーの司書さんに質問した。

すると、すごく感心された。

「ものすごく変わった質問ね。でも面白そう。協力するわね」

午後五時の閉館時間ギリギリまで司書さんは調べてくれた。

そのかたわら、大地も教えてもらった本を片っ端から読んでみた。

だが結局、こたえは見つからなかった。

大地はトボトボ家に帰ると、玄関から家に入った。

店はもう営業中だから、だれもいない。

台所へ行くと、テーブルの上におとうさんの手紙が置いてあった。

大地へ

マイクさんの食べたいものは見つかったか？

おまえが、マイクさんの食べたいものはぼくが見つける、と言ったとき、おとうさんはすごくうれしかった。

おとうさんができなかったことを、おまえがかわりにやってくれるんだからなあ。

さすが、おれとなぎさの子だ。

腹が減っただろう。

夕食はいつものとおり、冷蔵庫の中だ。チンして食ってくれ。

p.s.
外出するときは、ちゃんと行き先を言うように。

大地は自分の部屋にもどると、タブレットを起動させた。

ネットで、マイクの食べたいものを調べてみようと思ったのだ。

しかし、これもダメだった。

あらゆるキーワードを使ってもこたえらしいものは出てこない。

大地は、参加者同士が教え合うQ&Aサイトに投稿してみた。

マイクさんの食べたいものを知りたいのですが、どうしてもわかりません。こういう場合はどうすればいいのでしょうか?

すると、いろんな人が大地の質問にこたえてくれた。

その中で、ハンドルネーム・知恵の勇者さんが、こんなことを言ってくれた。

「困ったときや、わからないことがあるとき、一番たよりになるのは友達だよ」

ニヤニヤの謎

月曜日の朝、大地が学校に行くと、四年一組の教室の中に人の輪ができていた。

なんだろうと思って近づくと、その輪の中心にルーカスがいて、まわりの人がパーマをかけた髪を見たり、さわったり、ほめたりしている。

いつもの大地だったら、親友のルーカスがほかの人たちからほめられるのは、自分がほめられるのと同じくらいうれしいことだった。

ところが、そのときはなんとなくイヤだった。

昨日のルーカスの「早紀がオレのこと『カッコいいね』って言った」という言葉を思い出すからだ。

だから大地は遠巻きに、ルーカスをとりまく人の輪を見ていた。

すると、間宮虎太郎という男の子が、いきなりその輪の中に入った。

そして、ルーカスの頭を見るなり、

「ふふん」

ルーカスをバカにしたように笑った。

「男のくせに、それも小学生がパーマなんて、バカみたい」

ところがルーカスはとてもかしこかった。

完全に無視したのだ。

こういうヤツは無視するのが一番だと、ルーカスは経験から知っているのだ。

なぜならこういうヤツらにとって、無視されるのが一番つらいことで、イヤなことで、究極的にはこわいことだからだ。

しかしだからこそ、さらにルーカスにからんできた。

「ぼく、昨日、おまえのかあちゃんを見たぞ。あんな長かった髪を短く切っちゃって、男の子みたいでヘンだった」

ブッチーン！

「な、なんだ？」

ビックリした虎太郎が、あたりを見回した。

「なんだよ？　なんかヘンな音がしたぞ」

しかし、わかるはずがない。

いまのは大地がキレた音だ。

「マミトラ！」

大地が間宮虎太郎に近づき、どなった。

虎太郎はビビった。

ふだんおとなしい大地が、いきなり大声で自分の名前をヘンな略し方で呼んだからだ。

「な、なんだよ」

急に虎太郎は弱気になった。

「人のことをマミトラなんて言うなよ」

「うるさい！　おまえの長ったらしい名前なんか、いちいち言ってられるか」

大地がマミトラをにらみつけた。

「いいか、なにを言ってもいいけど、ルーカスのおかあさんの悪口だけは言うな！」

虎太郎が「あっ」という顔をした。

大地におかあさんがいないことは知っている。

その大地が「おかあさん」のことで怒っている。

自分におかあさんがいないからこそ、友達のおかあさんへの悪口にも、その友達以上に腹を立てるのだ。

こうなった大地には、マミトラも言い返すことができない。

虎太郎はすごすごと自分の席にもどった。

ルーカスが大地に近づき、「ごめん。オレのせいで……」と言った。

「なんで？　おまえのせいなんかじゃないよ」

「それはそうなんだけどさ」

しかし、大地にはルーカスの言いたいことがちゃんと伝わった。

やっぱりルーカスは親友だと思えてうれしかった。

そのルーカスがニヤッと笑った。

「さっき、おまえが言ってたマミトラって、面白いな」

「うん、いいだろ。間宮虎太郎を略してマミトラ」

「そういや、オレも昨日、ちょっと省略したんだけど、気づいてた？」

「え？　なにを省略したの？」

「昨日、オレ、大地に言っただろ。早紀がオレのこと『カッコいい』って言ったって」

「うん」

「あれ、ほんとうは『あなたのおかあさん、カッコいいね』って言われたんだけど、その『のおかあさん』を省略して、『あなた、カッコいいね』ってことにしたんだ」

大地はおどろいた。

というか、あきれた。

「なんでそこを省略するんだよ」

「おまえもさっき、間宮虎太郎をマミトラって略してたじゃないか」

「それとこれとは全然ちがうだろ。それになんで後藤早紀は、ルーカスのおかあさんのことをカッコいいって言ったんだよ」

「それは昨日言っただろ。ヘアドネーションに髪を寄付したからだ」

そうか、そうだったのか。

ルーカスは早紀からカッコいいなんて言われていなかったのか。

大地は全身の力が抜けるほどホッとした。

あんまりホッとしたので、いまがマイクのことでルーカスに相談する最高のチャンスだということに気がつかないほどだった。

それくらい、このときの大地は幸せだった。

親友と好きだった女の子のふたりともが、大地の心にもどってきたのだ。

顔が自然とほころんでいくのを止めることができない。

だが、それを見逃すルーカスではなかった。

「おまえ、なに急にニヤニヤしてるんだよ」

しかし、まさかほんとうのことなんて言えない。

大地はとっさにごまかした。

「えっ？　あー、えーと、そうだ、今日の給食のこと考えてたんだ」

「給食？　なんで給食のことを考えると、ニヤニヤするんだ？」

「今日の給食の献立表、見てないの？　デザートはプリンだよ」

「マジかよ！」

ルーカスがさけんだ。

「それは絶対ニヤニヤしちゃうな」


ところがその日の給食で、ルーカスはプリンを食べなかった。

最終的には食べることになるのだが、この前のように、いきなりプリンだけを一気食いしたりはしなかった。

その代わりに、その日のメインディッシュであるきつねうどんをジーッと見つめていた。

心配になった大地が「どうしたの？」ときいた。

「オレ、実はきつねうどんってはじめてなんだ」

と、ぼそりと言った。

大地はまたまたひさしぶりに「うわー、やっぱりちがうなあ」と思った。

ルーカスは日本に住んでずいぶん経つ。

日本語なんて日本人と同じくらいペラペラだ。

それなのに、きつねうどんなんてポピュラーな和食を、まだ一度も食べたことがないという。

とはいえ、だれだって、食べたことがないものをはじめて食べるときは緊張する。

それが外国の食べ物ならなおさらだ。

だから、きつねうどんをにらむばかりで、なかなか食べようとしない気持ちは、大地にも理解できた。

だけど、それにしてもちょっと慎重すぎる、とも思った。

まるで、きつねうどんにビビっているみたいなのだ。

「どうしたの？　食べないの？」

大地がきくと、ルーカスはかすかにふるえる箸の先で、うどんの上の揚げを指さした。

「これって、キツネの肉なんだろ？」

大地はもう少しで笑うところだった。

けれども、これでビビっている理由もわかった。

ルーカスはきつねうどんの上にのっている揚げを、キツネの肉だと思っている。

だから怖くて食べられないのだ。

今日のデザートのプリンのことなど忘れてしまうほどに。

大地は心の中でニヤニヤ笑いながら、ルーカスをはげました。

「心配するな。大丈夫だよ」

そのくせ、「揚げはキツネの肉ではない」とは言わなかった。

その代わりに、「絶対にかみついたりしないから」と、よけいにビビらせるようなことをわざと言った。

しかし、ルーカスは勇敢だった。

ペナルティキックをける前のように、緊張した顔でスーッと息を吸うと、いきなり揚げを箸ではさみ、一気に口の中にほうりこんだのだ。

そして、思いきり前歯でかんだ。

大地はそのときを待っていたかのように、

「コーン！」

と耳元でさけんだ。

それはまるで揚げが、ルーカスにかまれて、悲鳴をあげたかのようだった。

とたんにルーカスは、

「うわー、やっぱり、これキツネの肉だ。いま、キツネが鳴いたぞ！」

とあわてた。

はっはっは。

昨日の「省略」の仕返しだ。

これくらいならいいだろう。

と、そのとき、大地は「あっ！」と気がついた。

昨日、マイクさんが言っていた「コーン」はトウモロコシのことじゃない。

キツネの鳴き声、だから、揚げのことだ。

マイクの食べたもの

「これです。ぼくが大阪で食べたのは」

マイク・ベーカーは、料理をひと口食べるなり、そう言った。

それはきつね丼といって、親子丼のトリ肉のかわりに揚げを使った料理だった。

揚げののったうどんがきつねうどんだから、同じようにこの料理はきつね丼となる。

東日本ではあまり見かけることはないが、京都・大阪ではわりとポピュラーな料理だ。

「おいしいです。今度姉を連れて来るので、食べさせてやってください。姉はさくらさんからもっと和食を食べるように言われているんですよ」

マイクがうれしそうにパクパク食べながら言った。

「うん、ほんとうにこれ、おいしいよ」

大地が言うと、そのとなりで同じきつね丼を食べていたルーカスが大地のおとうさんにきいた。

「おじさん、これ、大豆じゃないの？」

ルーカスは、大地が「おまえのおかげでわかったものを食わせてやるよ」と意味不明なことを言って、家に連れて来たのだ。

「さすが、ルーカスくんだな」

とおとうさんがほめた。

「揚げを食べただけで、その材料が大豆ってわかるだなんて。日本人だって、知らない人が多いのに」

「ママイがしょっちゅう大豆の料理を作ってくれるから」

「そうか、ブラジルは大豆をけっこう食べるんだったな」

「うん、米のごはんとの組み合わせでね」

「へえ、日本みたいだ」

　と大地が言った。

「日本では、ごはんと大豆をいっしょに食べるんですか？」

　と今度はマイクがきいた。

「例えば納豆があるよ。それにしょう油もみそも原材料は大豆だから」

　と大地が言った。

「和食って基本、お米のごはんとみそ汁と、しょうゆで味つけしたおかずでしょ。だから日本の料理のベースは米と大豆なんだ」

「大地くん、すごい！」

　マイクが言った。

「きみ、ほんとうに十歳？」

　大地のおとうさんがうれしそうに横から口をはさんだ。

「マイクさん、大地はおかあさんのなぎさに似て、頭がいいんだ」

するとルーカスが、「あっ、なんだ、だからか」とうれしそうに納得した。

「それで大地は頭がいいんだ」

そして大地に向かって言った。

「いいなあ、大地は。頭のいいところがママイとおそろなんてさ」

「ルーカスだって、おかあさんと頭がおそろだろ」

「オレのは髪型だけだよ」

そう言ってルーカスが笑ったので、大地も笑った。

「ルーカスとならおかあさんの話をするのも楽しい」と大地は思った。

「それはきっとぼくたちが『新しいのがほしいブラザーズ』だからだ」


「じゃあ、オレ、いまから晩ごはんだから」

と言って、ルーカスは「ナギサ」の出口に向かった。

「すごいなあ、ルーカスくんにはさっきのきつね丼は、夕方のおやつだったんだね」

そう言うマイクのおどろきの声を背後に聞きながら、大地はルーカスを見おくった。

自動ドアが開くと、ルーカスはふり返り、「チャウ。アミーゴ・インティモ」と大地に言った。

大地も「チャウ。アミーゴ・インティモ」と言って、手をふった。

ルーカスが出ていくと、すかさずマイクが言った。

「いまの『チャウ』はポルトガル語で『またね』っていう意味ですよね？」

大地はおどろいた。

「なんで、それを？」

知ってるの？　ときくより早く、おとうさんがあきれたように言った。

「マイクさん、あんた、ブラジル人の女性にもふられたことがあるんだね」

Chapter 3

新(あたら)しいトビラを開(ひら)く

いきなりの大ピンチ

十歳のソフィア・ジョーンズは、国際空港から若葉町へ行く途中の乗り換え駅の構内で、母親とはぐれてしまった。

オーストラリアから日本に着いて早々の大ピンチである。

すぐに母親に電話をかけたのだが、おどろいたことに着信音が鳴り出したのは、ソフィアのバッグの中からだった。

「どうしてマム（Mom）は自分のスマホを娘のバッグの中に入れておくの！」

「信じられない！」と怒っても、もうどうしようもない。

ソフィアの母親はそういう人なのだ。

でなければ、駅の構内でチョウらしきものが飛んでいるのを見つけたとたん、「新種のチョウかも」とポケットから折りたたみ式の虫取り網を取り出し、息子と娘をその場に置き去りにしたまま、チョウらしきもののあとを追いかけたりしない。

ソフィアの母親はポケットにスマホは入れておかないが、その代わり、折りたたみ式の虫取り網を入れておく人なのだ。

そういうことをしているから、「さすがはルビー・ジョーンズ博士だ」などと研究者仲間から尊敬されたりしているらしいが、娘のソフィアからすれば、ただの困った人でしかない。

いや、母親のルビーにしてみたら、「お兄さんのオリバーもいるから、ちょっとくらいわたしがいなくても大丈夫よね」という気持ちもあったのだろう。

ところがそのオリバーも、なかなか帰って来ない母親にガマンしきれず、

「マムをさがしてくる」

と、ソフィアを置いてどこかへ行ってしまった。

すると今度はそのオリバーまで、いつまでたっても帰って来ないのだ。

結局ソフィアは、オーストラリアから来たばかりの日本の駅で、たったひとり取り残されてしまうことになった。

十歳の子どもが、到着したばかりの外国でいきなりひとりぼっちだなんて、これ以上

のピンチはそうはない。

自分が置かれた状況を知ったとき、ソフィアはさすがに一瞬、泣きそうになった。

でも、ガマンした。

こんなとき、泣いてもなんの役にも立たないと思ったのだ。

ルビー・ジョーンズというちょっと変わった母親に育てられると、それくらいガマン強いしっかり者になってしまう。

母親と兄との三人で、オーストラリアから日本に移住することが決まったときも、「ママはあてにならないから、わたしがしっかりしないと」と、自分から日本語の特別レッスン教室をさがしてきたくらいだ。

おかげで日本語に関しては、家族のだれよりもうまくなった。

「だから、大丈夫よ。このピンチもきっと乗り切れる」

自分で自分をはげましながら、これからどうするべきか考えた。

これくらい大きな駅なら、放送で人を呼び出すアナウンス・サービスをしてくれるところがあるはずだ。

そこまで行って事情を説明して、マムを呼び出してもらおう。

問題はそのサービスをしてくれるところがどこにあるのかわからないことだが、「でも、大丈夫」と、ソフィアはふたたび自分に言い聞かせた。

この巨大な駅の構内では、いまも目の前を何千人、もしかすると何万人もの人が行き来している。

この人たちにきけばいい。

これだけの人数がいるんだもの、きっとだれかが正確な情報を教えてくれるだろう。

「よし、ひとりずつ声をかけてみよう」

そう決心して、向こうから足早に歩いてきた女の人に日本語で声をかけた。

「すみません。ちょっとおたずねしたいんですけど」

日本人はデリケートでひかえ目な民族だと、ソフィアはオーストラリア人の日本語教師から教わった。

かれらは過剰な自己主張をしない。

人に迷惑をかけることをもっともおそれる。

そんな日本人にものをたずねるときは、ちょっぴり、ちょっとだけの気持ちで、ひかえ目にたずねるのがコツだ。

だからこそ、「〝ちょっと〟おたずねしたいんですけど」なのだ。

ソフィアはそう教わったそのとおりに、足早に歩く日本人の女性に声をかけた。

ところが、彼女はこちらをチラッと見るなり、あやまるような口調でなにごとか早口でつぶやくと、その場から逃げるようにして走り去ってしまった。

「え？」

ソフィアは自分の耳をうたぐった。

「I can't speak English.」

あの女性はそう言ったように聞こえたのだ。

だが、「まさか」とソフィアは思い直した。

「わたしはちゃんと日本語で『ちょっとおたずねしたいんですけど』ってきいたのよ。日本語で話しかけてるのに、英語で返事されるはずがないじゃない」

いまのはわたしの聞き間違いだ。

うん、そうだ。

そうに決まってる。

そう思ったとたん、オーストラリア人の日本語の先生のことを思い出した。

彼女は、日本人のような発音で英語をしゃべるという裏技をもっていた。

これが、ソフィアをはじめオーストラリア人の児童にはまったく聞き取れない。

「ほわっとたいむいずいっとなう」と言われても、なにを言っているのか、さっぱりわからないのだ。

ところが、同じ英語の文章を「ほったいもいじるな」と言われたら、それが「What time is it now?」ときいていることが理解できた。

あとから「ほったいもいじるな」は、「土から掘り出したイモには手をふれるな」という意味だと教わった。

それが「What time is it now?」に聞こえるのだ。

だったら、相手の「あなたの話を聞いている時間はない」と言った早口の日本語が、自分には「I can't speak English.」と聞こえただけ、ということも考えられる。

うん、きっとそうだ。

だいたい、英語で「わたしは英語が話せません」なんて言うはずがない。

それって、「張り紙禁止」と書いてある張り紙と同じだ。

日本人はデリケートでひかえ目な民族なんだもの。

そんなヘンなことを言うはずがない。

ソフィアは気をとりなおして、つづけざまに三人の男女に声をかけていった。

ところが、だ。

その三人が三人とも、こちらの顔を見るなり「I can't speak English.」と言うのである。

しかもかれらはそう言うと、例外なく逃げるようにその場を走り去ってしまうのだ。

こうなると、もうわけがわからない。

「どうしたらいいの」

ソフィアはぼう然として、巨大な駅の構内で立ちすくんだ。

と、そのとき、「May I help you?」という声が、後ろから聞こえてきた。

ふり返ると、そこにいたのは見るからに西洋人という外見の女性だった。

ソフィアには大人の女性の年齢はまるでわからない。

それでも彼女が、自分の母親より年上だということだけはわかった。

その女性が英語で、「May I help you?」ときいてくれたのだから、ソフィアも英語で返事をするのが自然だった。

ところが、さっきまで「ちょっとおたずねしたいんですが」と日本語で声をかけつづけていたせいで、頭の中がまだ日本語のままだった。

「助けてください。わたし、困っているんです」

と、うっかり日本語で言ってしまった。

言ったとたん「しまった」と思った。

この女の人は、どう見ても日本語を話せそうにない。

ところが、この予想は良いほうに外れた。

彼女はソフィアの言葉を聞くと、自然に言葉を切りかえ、

「どうしたのですか？　こんな小さい女の子がたったひとりで」

と日本語できいてくれたのだ。

ソフィアは感激した。

しかしそれは、この女性が日本語で話してくれたから、ではなかった。

彼女がいま言ってくれたことこそ、ソフィアがずっとだれかに言ってほしかった言葉だったのだ。

そうよ！

わたしはさっきからずっとたったひとりでがんばっているの。

それなのに、みんな、わたしから逃げていくし、マムはあいかわらずどこかへ行ってしまったままだ。

そんなことを考えていると、目の奥が急に熱くなってきた。

と思ったときには、ソフィアは自分でも気がつかないうちに泣き出していた。

アン・グリーンと名乗るその女性は、ソフィアが泣きやむのを静かに待ってくれた。

それからふたりは英語で話しはじめた。

そしてソフィアからこれまでの話を聞き終えると、グリーンさんは目をまんまるに見開いて、おどろいた。

「あなた、たったひとりで、とんでもない冒険をしていたのね。こんな勇敢な女の子、わたし、はじめて見たわ」

そう言われて、ソフィアはおどろいた。

それは、うれしいおどろきだった。

「そうか、わたしは勇敢だったんだ」と自分をほこらしく思った。

そんなソフィアの様子を見て、これなら大丈夫だと思ったのだろう、グリーンさんはやさしい声できいた。

「それであなたはこれからどうするつもりなの？」

「アナウンス・サービスでマムを呼び出そうと思ってるんです」

ソフィアがそう言うと、グリーンさんは口を「あっ！」の形に開き、手をポンと打った。

ソフィアははじめて見たが、その意味はすぐにわかった。

「あっ、そうか、なるほど」で、ポンだ。

そしてこの仕草をひと目見て気に入った。

手をポンだなんてカワイイ。

それに「カワイイ」は、日本語の中でもソフィアのとくに好きな言葉だ。

グリーンさんはその「手をポン」のあと、こう言った。

「あなたって勇気があるだけじゃなくて、頭もいいのね。わたしだったら、そんなこと絶対に思いつかないわ。それって、すばらしいアイデアね」

またまたほめられて、しかも自分を子ども扱いせず、対等の人間として話をしてくれたので、ソフィアはますますよろこんでしまった。

だから、なるだけきちんとしゃべるよう心がけた。

「実は、この駅のどこでアナウンス・サービスをしているのかわからないんです。それで、さっきから歩いている人に日本語できいているんですけど、みんな、わたしの顔を見るなり、『I can't speak English.』って英語で言って、逃げてしまうんです。こんな不思議なことってあるでしょうか」

しかし、さっきからソフィアの勇敢さやかしこさにおどろきっぱなしのグリーンさんは、この話におどろきもしなかった。

そして「それは日本人の『あるある』ですね。よくあることなのよ」というふうに大きくうなずいた。

「わたしやあなたのような見た目の人間に話しかけられると、日本人はそう言って、逃げてしまうことも多いの。わかりました。じゃあ、わたしがあなたの代わりにきいてきましょう」

そう言うなり、ソフィアを置いて数メートル先まで歩いていった。

「えっ、ちょっと待ってください」

ソフィアは思わずそう言いそうになった。

「グリーンさん、さっき、わたしに言ったでしょ。『わたしやあなたのような見た目の人間に話しかけられると、日本人はそう言って逃げてしまうのよ』って」

ところが、そうはならなかった。

グリーンさんが声をかけるなり、歩いていた日本人の男性は足を止めたのだ。

グリーンさんがなんと言ったのか、ソフィアのいるところまでは聞こえてこなかったが、ふたりの様子ははっきりと見えた。

声をかけられた男性は一瞬、ビックリしたような顔でグリーンさんを見たものの、すぐに笑顔になって、親しげに彼女と話し出したのだ。

ソフィアはおどろいた。

歩いている人を呼び止めてものをたずねる、ただそれだけのことだけど、さっきからそうしようとしてできなかったソフィアにしてみたら、目の前で魔法を見ている気分だった。

グリーンさんの職業

ソフィアはグリーンさんに連れられて、駅のサービス・カウンターに行った。

さっき通路で話をした男性が、そこでならアナウンス・サービスもしてくれるはずだとグリーンさんに教えてくれたのだ。

グリーンさんはそのサービス・カウンターで、すべての手続きをしてくれた。そして今度はソフィアをとなりのベンチに連れていった。

「大丈夫ですよ。あなたのおかあさんはすぐここにいらっしゃいますから」

そう言ったのが、合図でもあったかのように、駅の構内にアナウンスが流れた。

「当駅にいらっしゃるルビー・ジョーンズ様とオリバー・ジョーンズ様、ソフィア・ジョーンズ様がサービス・カウンター横のベンチでお待ちです」という内容を、最初は日本語で、それから英語で、二度ずつ繰り返した。

グリーンさんは耳をすませてそのアナウンスを聞いていたが、アナウンスの終わりを告げるチャイムが鳴り終わると、「ほらね？」という顔でソフィアを見た。

「ありがとうございます。グリーンさんのおかげです」

「いいえ、そんなことないわ。だってね」

とグリーンさんがそこまで言ったとき、再びアナウンスが流れた。

「当駅でお待ち合わせのエレン・ベーカー様、アン・グリーン様がお待ちです。サービス・カウンター横のベンチまでいらしてください」

あれ？　アン・グリーンってたしか、という目でソフィアが見ると、グリーンさんはいたずらが見つかった子どものようにうふふとほほえみ、

「あなたのアイデアを使わせてもらったのよ」

と言った。

「実はわたしもこの駅で、人をさがしていたの。待ち合わせ場所をあらかじめ決めておいたのに、エレンという人はとにかく道に迷う人でね。どうしてもそこにたどり着けないってさっき電話があって、それなら待ち合わせ場所を変えようと言っている最中に、

通話が切れちゃったの。それで、どうしようって困っていたところで、あなたに会ったのよ。だからね、アイデアをもらって助けてもらったのはわたしのほうなの。ありがとう、ソフィアさん」

ソフィアはぶんぶんと首を横にふった。

それから「あっ」となにかに気がついたような声をあげた。

「でも、そんなに道に迷う人だったら、ここまですんなり来られるかしら？」

「それはあやしいかも」

グリーンさんは、ふたたび「うふふ」と笑った。

「だったらわたしも、その人が来るまでここにいます」

「それはダメよ。あなた、オーストラリアから日本に着いたばかりで疲れてるでしょ」

「えっ？」

ソフィアはおどろいた。

「わたし、オーストラリアから来たって言いましたか？」

「ううん。そんなこと、ひと言も言ってないわよ」

「じゃあ、どうしてわたしがオーストラリアから来たってわかったんですか？」

不思議でたまらないという表情でソフィアに見られて、グリーンさんはうれしそうにほほえんだ。

「あなたの日本語はとても上手だけど、でも、オーストラリア人ならではのクセがあるの」

やさしい口調だったが、はっきりと断言した。

「外国語に、国ごとのクセなんてあるんですか？」

「もちろんあります。あなたもそれだけ日本語が上手だったら、日本人と話すことも多いでしょうから、かれらの英語も聞いたことがあるでしょう？」

実はソフィアは、オーストラリアでは日本人とはほとんど話したことがなかった。

しかし、「日本人がしゃべるような英語」なら聞いたことがある。

「『ほわっとたいむいずいっとなう』とかですか」

「そう！　日本人は英語を話すときも、日本語のように一つひとつの単語の語尾を母音で終わらせるくせがあるの。『いずいっとなう』なんてその典型ね。これだって、語尾の母音を消すようなイメージで『いじいな』と言ったら、かなり『is it now』に聞こえるでしょ。でも、もっと有名なのは、RをLのように発音することでしょうね」

　とグリーンさんは言った。

「このように同じ英語でもその人の出身地によってクセが出ます。日本語をしゃべる場合も同じです。ロシア人はロシア人らしい日本語を、オーストラリア人はオーストラリア人らしい日本語をしゃべります。つまり、あなたが話す日本語にも、オーストラリア人のクセがあったのよ」

　ソフィアは「なるほど」と思ったが、同時に疑問がわいた。

「グリーンさんはどうしてそんなことを知っているんですか？」

「それはわたしが毎日いろんな国の人の日本語を聞いているからです」

「それはなぜですか？」

　グリーンさんにきくと、「さあ、なぜだと思いますか？」と逆にきき返されて、ソフィアは「うーん」と考えこんだ。

　ソフィアは研究者のおかあさんに似て、こういう知的なクイズが大好きだ。

そして、好きなだけあって、こういうクイズを解くのが得意でもあった。

「わかった」

手をポンと打った。

さっきグリーンさんがやってみせた仕草をさっそくマネてみたのだ。

おぼえたことをすぐに実地で繰り返すのは、語学習得の早道でもある。

ソフィアはそれを意識しなくても、ついやってしまう。

だからこそ、短期間でこれほど日本語が話せるようになったのだろう。

「グリーンさんはいろんな国の人に日本語を教えているんですね？」

「ピンポーン」

とグリーンさんは高らかに言った。

「わたしはアメリカの大学で日本語を教えているんです」

「グリーンさんは『先生』だったんですか。じゃあ、グリーン先生って呼ばなくちゃ」

「いいのよ。あなたはわたしの生徒じゃないんだから」

「いいえ、いまからわたしはグリーン先生の生徒です。それでわたしは教えてほしいことがあるんです」

「わたしに教えてほしいこと？」

「はい、そうです。グリーン先生、質問です。さっき、どうやって男の人にたずねたんですか？」

そうきかれて、グリーン先生は一瞬、「なんのことかわからない」という顔をした。

だが、すぐに気がついた。

「さっき」とは、グリーン先生が駅の構内を歩いていた男の人にアナウンス・サービスをお願いできる場所をたずねたときのことだ。

ソフィアが話しかけたときは、みんな「I can't speak English.（わたしは英語がしゃべれません。）」と言い捨てて逃げてしまったのに、グリーン先生の場合、ちゃんと立ち止まって話を聞いてくれたのだ。

グリーン先生は、「ああ、あれね」とうなずいた。

そして想像もしていなかったこたえを教えてくれた。

「大阪弁で話しかけたのよ」

「ええーっ」

ソフィアはおどろいた。

手をポンと打つどころではない。

「『えらいすんません。ちょっとおききしまっけど』って言ったの。そしたらさっきの人、一瞬ビックリしたみたいだけど、『外国の方なのに、大阪弁、お上手ですね』って言ってくれて、あとはふつうに日本語で会話ができたわ」

「そんなことで日本の人は立ち止まって話を聞いてくれるんですか？」

「わたしたちが日本人に声をかけると、『うわあ、外国の人だ』って、引かれることも多いんだけど、大阪弁で話しかけると『へえ、外国の人なのに大阪弁だ』って、逆に興味をもつみたい」

「そうだったんですか」

つくづくグリーン先生に感心した。

「すごいことを思いつきましたね」

「わたしが思いついたんじゃないの。わたしの生徒が、ううん、友達が教えてくれたのよ」

「じゃあ、その人がすごいんですね」

「それがちっともすごくないの。だって、しょっちゅう道に迷ってるんですもの」

「えっ？　それって、さっきアナウンス・サービスで呼び出してた人ですか？　たしか、エレン・ベーカーさんって」

「そう、そのエレン・ベーカーよ」

「その人のことを、グリーン先生は最初『生徒』って言って、それから、『友達』って言ってましたけど」

「わたしたちはまさにその順番どおりの関係なの。彼女は最初、わたしが教える大学の学生だったんです。そして彼女が大学を卒業すると、わたしたちは友達になったの。いまやわたしたちは同業者ですからね」

「じゃあ、その人も『先生』なんですか？」

「そうです。なんと彼女は、わたしとキャリアまで同じなのよ。大学で日本語を学んだあと、日本に来て、中学校で英語を教えているんですから」

「じゃあ、日本語を勉強するようになったきっかけも同じなんですか？」

「さすがにそれはちがうの。わたしは当時の恋人が日本人だったので、どうしても彼の気持ちを彼の言葉で聞きたくて……」

とそこまで言ってグリーン先生は顔を赤くした。

「あら、いやだ。わたしったらペラペラとよけいなことを」

しかし、男女のことにはまだまるで関心のないソフィアは、グリーン先生の恋バナにはまったく興味がもてなかった。

「じゃあ、エレン・ベーカーさんは？」

と話の向きを変えると、グリーン先生も安心したようにその話に乗った。

「彼女はマジョタク、『魔女の宅急便』です」

「ああ、あの映画の！」

こちらの話題には、ソフィアは目をかがやかせた。

「わたしも見ました。とても面白……ううん、感動しました」

「エレンも映画を見て感動したのですが、彼女はそのあと、原作の小説のほうにすっかりはまってしまったんです」

そして、グリーン先生は突然ヘンなことを言い出した。

「エレンは日本語で話をするとき、自分のことを『あたし』って言うんです」

ソフィアはわけがわからない。

「どうしてですか？」

「小説の主人公のキキが自分のことを『あたし』って言っているからです。エレンはその本を何十回、何百回も読んで、キキの口調がすっかり移ってしまったんですよ」

「へえ！」

ソフィアは思わず声をあげた。

見ず知らずのエレン・ベーカーという人のことを「スゴい」と思ったのだ。

そしてそのエレンさんに日本語を教えたのが、いま目の前にいるグリーン先生だ。

そう思うと、これまでずっと心にひっかかっていたことが突然、口からこぼれ出た。

翻訳機と「えらいすんません」

「わたしたちが日本語を、というか英語以外の言語を勉強する意味ってあるんですか？」

「えっ」

グリーン先生は目をまんまるに見開いた。

それを見て、ソフィアはあわてて言い足した。

「わたし、別に日本語の勉強がきらいじゃありません。それどころか、すごく好きです。でもブライアンが、あっ、彼はオーストラリアで同じ学校に行ってた男の子なんですけど、しょっちゅうわたしに言うんです。『英語は世界共通語なんだから、英語をしゃべれるぼくらは外国語なんか勉強する必要はない』って。それはちがうと思うんです。でも、なんでちがうのか言い返せなくて……」

そう言いながら「やっぱりこんなこときくべきではなかった」と後悔した。

「先生はきっと気を悪くする」と思ったのだ。

ところが、ここでもソフィアの予想は良いほうに外れた。

「それはとてもいい質問です」

そう言って、グリーン先生はニッコリほほえんでくれたのだ。

「それに、あなたのお友達の話だと、英語だけは勉強する意味があるみたいですが、それすら否定する人もいるんですよ。ＡＩの発達で翻訳機の性能がどんどん上がってきているのだから、英語だって勉強する必要はない、翻訳機にまかせておけばいい、というのです。ですが、わたしは両方とも間違っていると思います。言葉をただ翻訳することと、外国語を勉強することとは、似ているようで、実はだいぶちがうんですよ」

そう言ってグリーン先生はニヤッと笑った。

「例えば、翻訳機は『Excuse me.』を『すみませんが』と翻訳することはできます。けれども、状況を見て、『すんません』と言いかえることはできないでしょ」

「あっ、ホントだ」

ソフィアは笑った。

「翻訳機では、いつまでも道をきくことができませんね」

「では、人間はどうして状況に応じて、『Excuse me.』を『すんません』にまで翻訳できるのでしょうか。外国語を学ぶことは、たんに言葉を学ぶことではないからです。言葉を通じて、その国の文化や風習、その国の人の考え方や心のありどころを知ることでもあるからです。つまりそれは、ほかの世界を知る、ということなのですよ」

「じゃあ、英語を母語にしているわたしたちが、外国語を勉強せずに、英語しか知らなかったら？」

「それは自分の目の前で、世界を閉ざしてしまうことになるでしょうね。外国語を勉強するというのは、世界へつながるトビラを開くことですから」

「うわあ！」

思わずソフィアがさけんだ。

「わたし、日本語を勉強していてよかった」

するとグリーン先生がクスクスと笑い出した。

「実は、いまのあなたの質問とまったく同じことを、エレンからきかれたことがあるんです。そのときエレンも同じようによろこんでくれました。そういうときですね、教師になってよかったと思うときは」

そう言われたとたん、ソフィアはポンと手を打った。

すごくいいことを思いついたのだ。

「じゃあ、わたし、日本でエレン先生の生徒になろうかな」

この発言にはグリーン先生もおどろいた。

「えっ、なんで?」

「だって、ステキだと思いませんか。わたしが、グリーン先生の生徒だった人の生徒になるんですよ」

「でも、エレンは中学校の先生ですよ」

「大丈夫です。がんばって勉強して、飛び級しますから」

飛び級とは、学力に応じて上の学年に編入することだ。

勉強さえできれば、オーストラリアでは小学生が中学校に通うことも許される。

そんなすごいことを実現してしまいそうなところは、実はソフィアは母親のルビーにそっくりなのだった。

しかし、現実はきびしい。

「ごめんなさい。それは日本ではムリですね」

グリーン先生はそれが自分のミスであるかのようにあやまった。

「日本に飛び級はないんです。それに日本の公立の学校には学区があるから、生徒は学区をこえて好きな学校に行くことができません」

それとは反対に、オーストラリアの学校には学区がない。

その代わりに飛び級はある。

だから自分なら小学生の自分がエレン先生のいる中学校に行ける、とソフィアは思ったのだが、その望みはあっさりくずれた。

「そうだったんですか。ガッカリです」

ソフィアはほんとうにガッカリした顔で言った。

「わたしも、あなたたちみたいな関係になりたかったのに」

しかしそう言われて、グリーン先生の表情はやわらいだ。

「なんだ、それならできないことはありません」

「えっ、どうやってやるんですか？」

「あなたも将来、教師になればいいんです。そうすれば、いつか、わたしたちは友達になれます」

「えーっ、で、でも、わたし、教えるなんてできません」

「そうかしら？　あなたは人の話を聞くのも、自分の考えを言葉にするのもとても上手だから、教師には向いていると思いますけどね」

「ムリです。絶対にムリ。人にものを教えるなんて……」

とソフィアがそこまで言ったとき、スマホの着信音が鳴った。

「なんでわたしのバッグの中から着信音が？　あっ、そうか」

ポンと手を打った。

「マムのスマホだ。だけど、だれがマムのスマホに？」

自分のバッグから母親のスマホを取り出して、画面を見た。

「オリバーだ」

すぐに電話に出た。

「マム！」

半分泣き声になったオリバーの声がスマホから聞こえてきた。

「ぼく、どうしていいかわからないよ」

オリバーより年下のソフィアのほうが冷静だった。

「オリバー、落ち着いて。あわてないで」

「えっ、ソフィア？　なんでソフィアがマムのスマホに出るの？」

「別にいいでしょ。それよりもオリバー、いまどこにいるの？　マムとあなたをサービス・カウンターの横のベンチに呼び出したんだけど、あのアナウンスを聞いていないの？」

「もちろん聞いたよ。自分の妹ながら感心したよ」

「だったらどうして、さっさと来ないのよ。わたし、ずーっとここで待ってるのよ」

「それが行こうと思ったんだけど、サービス・カウンターがどこにあるかわからないんだ」

「そのあたりにいる人にきけばいいじゃないの」

「それが」とオリバーは悲しげな声で言った。

「ぼくが声をかけたら、みんな『I can't speak English.』って言って逃げちゃうんだ。ぼく、ちゃんと日本語で話しかけてるのに」

ソフィアはとっさにスマホを手でおおった。

「あはははは」

一瞬だけ大笑いすると、すぐに笑いを抑えて、再びスマホにむかった。

「オリバー、だったら、今度は大阪弁で声をかけてみて。え？　大阪弁を知らないの？　じゃあ、わたしの言う通りに言ってみて。『すんません。ちょっと、おききしまっけど』……ううん。そうじゃない。『すんません』よ。あわてないで。うん、そう、そうよ。すごく上手。そういうふうに声をかけたら、日本人はきっと立ち止まって、話を聞いてくれるわ」

「よかったですね。お兄さんと連絡がとれて」

電話を切ったとたん、グリーン先生がそう言ってくれた。

「はい」

ソフィアが大きくうなずくと、グリーン先生がニヤッと笑った。

「わたしの思った通り、あなたは人にものを教えるのが上手じゃないですか。やっぱり将来、教師になるといいわ」

「どうしてわたしにそんなに教師になることをすすめるんですか？」

「それはあなたが、勉強することが大好きみたいだからです」

「えっ？　教師は教える人で、勉強する人ではありませんよね？」

「とんでもない。教えるということが、実は一番勉強することなんですよ。だれかに教えることで、自分の理解はどんどん深まっていきますからね。授業中、教師は生徒に語りかけながら、生徒の目や心を通して、自分に語りかけているんです。教師は生徒に教えながら、生徒から教わっているんですよ。だから教師という職業はとても楽しくて、ワクワクする仕事なんです」

実はソフィアの将来の夢は獣医になることだ。

だが、グリーン先生の話を聞いているうちに、教師のすばらしさにもひかれてきた。

「どっちにしようかしら？」

ソフィアは悩んだ。

それはとても楽しい悩みで、ずーっと悩んでいたいくらいだ。

と思ったそのとき、

「ソフィア！」

背後から、ものすごく大きな、しかも切羽つまった声が聞こえてきた。

ソフィアがふり返ると、そこに髪の毛をふり乱したソフィアの母親が立っていた。

見ただけで、彼女が一秒でも早く娘に会うために、必死になって走ってきたのがわかった。

その母親の姿を見たとたん、さっきまで大人びた様子で話をしていたソフィアが一瞬で子どもの顔にもどった。

それもうれしいのと悲しいのが入り交じった、泣き笑いの子どもの顔だ。

「マム！」

ソフィアは大声でさけぶや、母親のところへ走っていった。

インフォメー

グリーン先生の予言

「エレン・ベーカー、来るのが遅いから、あなたはせっかくの感動の親子の対面を見逃しましたよ」

グリーン先生にそう言われても、エレン先生にはなんのことやら、さっぱりわからない。

そんなことよりも、「先生、すみません。お待たせしてしまって」と、来るのに時間がかかったことをあやまった。

そしてちょっぴり言い訳もした。

「ここの場所がわからなくて、案内板を見ながら来たんですけど、何度も曲がるところを間違えてしまって」

「それなら、歩いている人にきけばよかったのに」

グリーン先生が笑いながら言った。

「あなたがわたしに教えてくれたでしょ。大阪弁で話しかければ、日本人はこちらの話をきいてくれるって」

「それが、ちょっと前に大阪弁で道をきこうとしたとき、緊張しすぎて『アイム・すんません』って言ってしまったんです。あたしは向いていないみたいですね」

「おやおや、オーストラリアから来た中学生の男の子でもできたのに」

「すごいですね、それは。でも、その子はどうしてそんなこと思いついたんですか？あっ、そうか」

エレン先生はポンと手を打った。

「先生が教えたんですね？」

「いいえ、そうじゃありません。その男の子は小学生の妹に教わったんです」

「じゃあ、その女の子はだれから？」

「さあ、だれでしょう？」

とグリーン先生はとぼけて、すかさず話題を変えた。

「それよりもエレン、あなた、久しぶりに会ったら、少しふくよかになったんじゃ……」

「あっ、やっぱりわかります？　正月にモチを食べすぎたあと、なんとか挽回したんですが、そのあと、きつね丼にはまってしまって……」

「あなたが食いしん坊なのはあいかわらずね」

　グリーン先生は「うふふ」と笑った。

「きつね丼って、もしかして揚げをメインの具にしたドンブリもののこと？」

「さすがですね。あたしの弟のマイクなんて、きつね丼をはじめて食べてから、名前がわかるまで二年もかかったんですよ」

「あなたも変わってるけど、弟さんも変わってますね。でもユニークさでは、姉のあなたがやはり上ですね」

「えっ、そうですか？」

「そうですよ。わたしは、アメリカを発つ直前にあなたから送られてきた質問のメールを見て、つくづくそう思いました。『このまえバッサリ髪を切ったら、生徒から「コケシみたい」と言われました。言葉の意味は完全にわかるのに、ニュアンスはまるでわかりません。これはほめられているのですか？　笑われているのですか？』ですって」

そして、グリーン先生はつづけた。

「あなたの質問はいつもユニークで楽しいわ。しかも、これはとてもむずかしい質問ですね」

と笑ったとき、グリーン先生は自分たちふたりがさっきから立ったまましゃべっていることに気がついた。

「エレン・ベーカー、まずわたしたちはすわりましょう。それから、あなたの質問にこたえますよ」

グリーン先生は腰をおろしたとたん、「あっ」とつぶやいて、手をポンと打った。

「エレン、あなたに会ったら、まずたずねたいことがあったのを忘れていたわ。いま勤務している中学校の名前はなんでしたっけ？」

「みどり市の若葉中学校ですけど、それがなにか？」

「ついさっき、わたしの小学生の友達にあなたの話をしたんです。そしたら彼女はあなたにとても興味をもって、あなたの生徒になりたいって言ってました。二年後に中学生になったときに、あなたが教えている中学校に行けるかもしれないと思って」

「えーっ！」

エレン先生が悲鳴のような大声を出した。

「グリーン先生、またあたしのことを買いかぶって、子どもたちにあたしの実力以上のことを言ったんじゃないですか？」

「自己評価が低いのも困ったものですね。あなたはすばらしいALTなのに」

「先生にそう言っていただけるのはうれしいんですけど」

エレン先生は言いにくそうに言った。

「それに、あたし、この春で若葉中学校をやめちゃうんです」

「えーっ！」

グリーン先生はがっくりと肩を落とした。

「そうでしたか。あなたの教え方は、自由奔放すぎたんですね」

「せ、先生、ちがいます。あたし、クビになったんじゃありません」

「えっ？　だって、あなた、中学校をやめちゃうって」

「若葉中学校では三年契約で、この春でその契約が終わるんです。そして四月からは小学校で教えることになってるんです」

「ああ、なんだ、そうですか。よかった。安心しましたよ。今度は小学校で教えるんですか。そうですか」

とそこまで言うと、ふたたびグリーン先生の顔色が変わった。

「小学校ですって？」

「ええ、そうです」

「なんて言う小学校で教えるんですか？」

「若葉小学校というところですけど、それがなにか？」

聞いたとたんにグリーン先生が、「えっ？」と小さくつぶやいた。

「どうしたんですか？　グリーン先生」

「どうしたもこうしたもありませんよ」

グリーン先生は目をかがやかせた。

このうれしいニュースをどういうふうに伝えればいいのだろう。

「エレン・ベーカー、あなたにいいことを教えてあげます。これは予言です。あなたはその小学校で、とってもステキな児童と出会いますよ」

グリーン先生にしてみたら、エレン先生をおどろかせるつもりだった。

そして事実、エレン先生はおどろいたのだが、でもそれは、グリーン先生の期待のさらに上を行くおどろき方だった。

「どうして先生が知ってるんですか？」

とエレン先生は言ったのだ。

これにはグリーン先生のほうがおどろいた。

「どうして知ってるって、あなたこそ、どうして知ってるの？」

「だって、知ってるから知ってるんです。先生こそどうして知ってるんですか？」

「わたしだって、知ってるから知ってるのよ」

ふたりの言っていることはまるでかみ合わなかった。

でも、ふたりの言っていることはどちらも正しかった。

そして、ふたりとも少しだけ間違っていた。

ふたりが頭に思い浮かべていたのは、それぞれ別の児童だった。

おまけにエレン先生が若葉小学校で出会えるステキな児童は、たったひとりではないのである。

でもだからといって、早紀とソフィアのふたりだけでもない。

それにルーカスと大地を足した四人でもない。

もっとたくさんいる。

もっともっとたくさんのステキな児童と若葉小学校で出会う。

でもそのことを、グリーン先生はおろか、エレン先生もまだ気がついていない。

青春こぼれ話

中学校の教科書にも登場していたキャラクターたち

公立の学校で使用される各教科の教科書は、各年代・各地域によって異なっています。このお話はそのうち、令和６年度から使用される小学校英語検定教科書『NEW HORIZON Elementary』（東京書籍刊）のキャラクターが主に登場する物語です。なおこの１巻では、これまでの中学校英語検定教科書『NEW HORIZON』に登場していたキャラクターも活躍しています。これからもどんなキャラクターが登場するか、楽しみにしていてくださいね。

エレン・ベーカー

平成28～令和2年度に緑中学校のALTとして登場しました。ボストンレッドソックスのファンで、バットをふっているマネをしているイラストなどが大きな話題になりました。

マイク・ベーカー

平成28～令和2年度にはエレン先生の弟として中国料理店でアルバイトしている様子が、令和３～令和６年度には緑中学校のALTとして英語を教えている様子が描かれています。

アン・グリーン

平成18～23年度にカナダ出身のALTとして登場しています。生徒から「日本語は話せますか？」ときかれ、「*Sukoshi.*」とこたえていました。さてこの話ではどのような日本語を話しているでしょうか。

この本は、東京書籍が発行する、令和6年度版小学校英語検定教科書『NEW HORIZON Elementary』のストーリーや登場するキャラクターなどをもとに小説化されました。

本田 久作（ほんだ きゅうさく）

児童文学作家・落語作家。大阪府生まれ。児童書に『江戸っ子しげぞう』シリーズ、『おれは女の子だ』、その他の著作に『開ける男』（いずれもポプラ社）など。

佳奈（かな）

広島県生まれ。書籍の挿絵・装画、楽曲 MV などでディレクションやイラスト制作を手がける。書籍では『なぜ僕らは働くのか』（池上彰 監修・学研プラス）、『さよならごはんを今夜も君と』（汐見夏衛 著・幻冬舎）の装画などを担当。

ブックデザイン：橋本千鶴
組版：株式会社明昌堂
企画協力：株式会社かごめかんぱにー（比嘉勇二・小池哲・出口幸子）

NEW HORIZON 青春白書 Unit 1
新学期がはじまる前に・・・

2024年4月26日　第1刷発行

著者　本田久作
絵　佳奈
発行者　渡辺能理夫
発行所　東京書籍株式会社
〒114-8524　東京都北区堀船 2-17-1
電話 03-5390-7531（営業）
03-5390-7526（編集）
印刷・製本　図書印刷株式会社

ISBN 978-4-487-81734-4 C8093 NDC913
東京書籍ホームページ　https://www.tokyo-shoseki.co.jp
乱丁・落丁の際はお取り替えさせていただきます。
定価はカバーに表示してあります。

英語の勉強が好きになる！

エレン・ベーカー先生 はじめての英語教室

エレン先生の特典映像がついてくる！

POINT

- むずかしい英文はいっさいナシ！
- 英語の不思議や学習のヒントを伝授！
- マンガ満載で楽しい！

もっと英語を勉強したい小学生と英語が苦手になりかけの中学生がエレン先生の教室にやってきた！

英語にまつわる不思議や学習のヒントをマンガ満載のストーリー形式で伝授する、英語学習初心者にぴったりの入門書。

『エレン・ベーカー先生　はじめての英語教室　NFT デジタル動画特典付き』
アレン玉井光江 監修　ISBN 978-4-487-81729-0 C6082　定価 1,430円（税込）